旷野—孪生子
艾基诗集

Поля-Двойники
Сборник Стихотворений Г. Айги

[俄] 根纳季 · 艾基　著
骆家　译

北京联合出版公司
Beijing United Publishing Co.,Ltd.

雅众文化 出品

目 录

第一辑 被标记的冬天（1954—1965）

第二辑 穿行到林中草地（1964—1970）

第三辑 沟壑之季（1970—1979）

第四辑 旷野—俄罗斯（1979—1982）

第五辑 愈来愈深地陷入雪（1981—2003）

第一辑　被标记的冬天

（1954—1965）

为了生长

1

在看不见的霞光里
从喷溅而出的忧伤中
我感受到一种可有可无，好像穷人感受最后那件衣衫
连旧家什
我也感到了，这种可有可无
即便我远离的故乡也需要它
像隐瞒的约定一样可靠：
沉默如日子
我的一生亦如此

2

可是沉默，神赐予；留给自己，唯有寂静。

3

要习惯这种寂静

好像事发时再也听不到心跳

好像生活自己

仿佛它的某处

那正是我之所在——仿佛诗意之所在

我才知道

我的工作多么艰难而工作本身

好比城市的公共墓地里

守墓人之不眠

1954—1956

十二月的夜里

致 Н. Ч.

恐惧中

仿佛十二月的夜里

会自发光

那 些 万 物 之 灵[1]

当我们说起“死胡同”“房屋”和“隧道”

我又更坚信这一点——

每当我重复说：

相互选中的共性

它们乞丐般一致——

好像因疏漏才侥幸获准！

但已无法取消

因为艺术家每天都会

感到死亡的力量与时间表

1　原文每个字母之间都空格，故汉语中也在两字之间空格，非排版错误。后文中有汉字间空格的都属此种情况，不再另行说明。——编注

感到的原因在于：要得到真相
他付出毕生都不够

要做一个永远清醒的人——哪怕因为疼痛！——
当这种疼痛——犹如喂养的饲料
难以与信仰区分

此外——人常说——有 灵 之 物恐惧时
会微光闪烁——好似冬夜里

完整呈现
此刻必要的隐忍

1957

波德莱尔

非你们杀人不用你们去攫取
非你们的土地

难怪你们不会听他的
要你们从哪里来和做什么
连一己的立足之地都没有

似乎也没有嘴巴、眉毛，也没有鬓角
除却遥远的声音
和始料不及的双手

甚至运动和生长的法则
对他的效用也有所不同：

无法预见太阳下的那个地方
尽管一切均已确凿无疑如同引力

这个引力将他与众人分开
仿佛某种物体落下
在空气中隔绝空气

——西班牙烟草的光泽
如此鲜亮，眼睛临死前
思念纯净

那唯有爆炸和死亡方能孕育之物

1957

亲的

我必须
用嘴唇
抵达她无边的眼帘

那时我的惊异不亚于她的下眼窝
青筋直蹦
我明白这是为了躲开它们的透明
和无影无形
它们如此光亮和疼痛
几乎可比战栗的眼睛

我会用我的双手还有嘴唇爱上她
用沉默、梦和我写满街道的诗
用谎言——为国
用真理——为生活

用所有火车站的站台
那里我将最后一次
看到机车库院内热气腾腾
黑色的列车脊背

把她交给
西伯利亚那些可怕的、小城的
列车编组和避难所
尔后我再永别她

去人类屠宰场
我的最后一站

1958

道

假如谁也不爱我们
我们开始
爱母亲

假如谁也不给我们写信
我们回忆
老朋友

我们说话只因为
我们害怕沉默
且出门危险

最后——在那些偶遇的荒废公园
我们为可怜的小号
和苦脸乐手们哭泣

1959

寂 静

似乎
穿过血红色的树枝
你才能抵达光明。

甚至此刻的梦也好像
肌腱织成的网。

还能怎样，我们此生
不过游戏人间。

那里只有——
云朵的避难所，
和上帝之梦的
篱笆
和被我们打破的、我们的寂静，

用底部某处之物
我们让寂静
看得见也听得清。

我们此刻说着话
语气、口吻各不相同
但没有谁会听见
我们真实的声音，

颜色一旦变得至纯至净，
我们将无法彼此辨认。

1960

那些云

在这座
无名无姓的村庄
栅栏上的破衣烂衫
仿佛也不属于任何人。

它们的头顶则是无名无姓的云，

那里——是佝偻病患者和野孩子
童年的广告；

还有匈奴和西徐亚[1]女人
原始的音乐；

可这里，目之所及的床榻上，
泪涟涟的眼睫毛那里，
有个快要死的人在哭，

1 西徐亚，位于黑海北岸的古国（约公元前7世纪—公元3世纪），伊朗语族的西徐亚人由东方迁入，并征略小亚细亚等地；以善于骑射著称。——译注（本书脚注若无特殊说明，均为译注）

直到最后
我才明白，

她是妈妈。

1960

朋友之家

致 K. 和 T. 艾拉斯托夫伊兄弟

共同的
协调一致
呼吸、移动和声音
在它们最先
开始时。

必须要学会不放大
它们中的任何一个。

于是透进一切的
声音之光、目光、寂静之光，
这些光后面的某个地方
孩子们在哭泣，
映照出蜡烛之火

我们脚步
跨过的地方。

我们属于
活着的这一部分

某处还连着死亡，

火焰和时间，

我们自己的很多方面

就是它们。

1960

死 亡

不要取下头巾，
妈妈快要死了，
唯一的一次
为她那件家庭手工织成的

皱巴巴的裙子我哭了。

噢，雪花多么安静
仿佛昨日神灵的翅膀
将它们抚平，

噢，雪堆数不尽，
就好像它们下面——
是多神教的山

在举行祭祀。

雪花儿呢
不停地落啊落到地上

神的那些象形文字……

1960

人 们

太多的夜
一排排椅子、门框和橱柜
我靠手推
肩扛
送它们踏上熟悉

却又未知之路。

我没发现，
这些对人们有何影响。
必须承认：跟他们交谈时，
我心里想着用手指测量

他们眉毛的弧线。

他们到处都是
为了我别忘记
有人存在的生活，

日复一日、年又一年

为了跟他们告别，

一个想法冒出来，
我想要确认，
他们钢琴上的亮点
都有自己的亲戚

在医院和监狱里。

1960

童年

浑浊的水
牲口棚的地上随处可见——
格格不入、冰冷、武断，

那里，仿佛鼓槌，
满地都是
调皮孩子们的字母表：

哦，**稻草**、**薄木片**、**碎片玻璃**，
噢，**直直吹来的**、**西徐亚的风**，
于是，好像地下室狂欢时的斗殴，
纸，**纸**，**纸**，[1]

哦，嘴巴咬着吸管的少年水兵，
噢，指头上湿漉漉的小字母！

此地此刻——仿佛刀割一样，

---

1 此节中加粗字体俄语原文中均为首字母大写，用来表示儿童学文识字的字母表中对应的字母。稻草 С；薄木片 Щ；碎片 О；玻璃 С；直直的 Л；西徐亚 С；风 В；纸 Б。中译后无法传达原文首字母大写的情况，只能加粗字体以表“会意”。后文中出现加粗字体，若无特殊说明，均表示原文首字母大写，不再一一标注。

只不过割的是我，不是您！
割——割破图画和内衣
还有鸟爪！

牛蹄子——油光水滑，硕大无比，
似乎刚从陷进去的车辙拔出来，
似乎刚跳完舞返回，

很快，仿佛被撞击的铁轨，
明亮、辽阔、残忍
拥抱我们的同谋者——
手、妹妹、脖颈、妈妈！

我们再次玩得不肯睡觉，玩过头了，
再次即将入睡和度过
不是昨天，不是今天，不是明天，啊……啊！——

穿过孩子们的喊声，
穿过湿漉漉的字母，
割破图画和内衣
还有鸟爪！[1]

1960

1 此诗中两节全部加粗字体的诗节，原文中每个字母均为大写。

幸 福

——在这些眼睛可以看到的地方，
光亦被创建……

我对称地将小贝壳放到
躺在沙里，
陌生女人的身上。

云——仿佛呼喊，
天空充满呼喊之声，
我正厘清
寂静与喧哗的界线，——

在微笑的女人心里它们
像风的针脚般显眼；

我浑身直抖，如霰弹
与隔墙之间那群小马驹中的一匹老马；

我想：我真受够了，这不关我事，
要记住，两个人——

那就是**比克瑙**[1]，——

噢，你是我的禁忌，我的**比克瑙**，
妈妈的游戏和我的镣铐，
奇迹——不配，我的魔鬼，
"我"——指望不上，我的"啊—啊哟"！

1960

1 比克瑙（Birkenau），奥斯维辛集中营中的毒气室灭绝营。文中所说"两个人"暗指"奥斯维辛集中营"和"比克瑙毒气室灭绝营"。

雪

隔着近雪
窗台上的花显得不同。

请你对我微笑哪怕是因为
我没说，
连我自己都从来不懂的话。
我能给你说的包括：

椅子、雪、睫毛、灯。

我的双手
平凡又遥远，

窗棂
好像用洁白的纸裁剪，

那里，它们的后面，
街灯附近，
雪花飞旋

从我们童年之始。

雪还会继续飞舞，大地上
当人们把你记起并和你谈天。

曾几何时，这些银色雪片
我已真切遇见，
可闭上眼睛，我再无法睁开，
亮晶晶的星星闪烁，

想要让它们停止
我不能。

1960

献给少女的挽歌

捧在手里更美一点
睫毛似乎在说再见
像铁路小站的一只小鸟儿
瘦小、被抛弃和阻隔

随后再未出现，只有几堵墙
冬天过去，留下的墙壁
在周围均被封闭的地方
衣裳与树林交叉滑过静谧无声
容颜所在之地即无我之地

其结果——无人相助，严峻
且非常遥远——
你曾来过，仿佛飞着、飞着就消失
没有回声："你曾来过！你曾来过！"

你还会呼喊、歌唱且热情洋溢
在全村所有院子里
好像远道而来的陌生人

仿佛沙子里点点闪亮的金光

还会在幽暗中摇曳
喜悦如沉寂的阴影
平凡似我一样寡言
就像认不出幽暗中
那些人的你们

1961

童年的一个早晨

啊，摇晃，啊
第一次只是干干净净
并且照亮别人而非照亮自己
狭窄、孤单

突然出现：旷野！
单纯，似美人鱼！

还有百合花，仿佛第二个音节——
严寒的咯吱声，——
从湿漉漉、闪闪发光的表面，

——擦痕！——我脱口而出，——擦痕！

因为酷寒，
手背上——
首次出现割伤

草丛里传来哭声：
——我将自己重新交给上帝！

赤贫的兄弟，晨曦中我的天使！——
已开始思考，

如何说明，
还有怎样离开，
还有怎样让这个真相留存：
擦痕……我说——那些擦痕……

1961

冬季前的挽歌

为纪念鲍·帕斯捷尔纳克而作

送走它，我还要像沉默的乐队一样
留它在上帝的天空，那被预告的一天
带着冬天清晰的悸动
好像还有烟黑做伴

可时间自得其所
飘落的雪飞旋大地
在教堂的门前
暂时看起来像是表面的声援
路人急需

但世界的层次已然分明
并期待荣耀加身
面对寂静
欲望的图册而非诗集
被保存在书桌的静默中

岁月无情，犹如烟黑染上房屋
好像诗歌已被撕碎的旧世
原本每一页诗所需要的

是裁剪和向内折叠
穿过我的袖口
寒冷那里，并排的窗户那里，还有窗外
只有风吹的雪堆和屋门

1962

战争

我们可以分享呼吸和声音
但戕害却将我们焊接在这里
我们希望它亦能分享

我们减少它在大地上的宝藏
只是减少人口

要让杀手和智者树立一种眼光
寻找自我
神之等级
将它的标志看成崩塌
杀手为自由而生

——而与我最不相干的
我满脸雀斑喜欢放声大笑的
女儿我微不足道的墙
"我的奋斗"[1]的妻子!

1 原文为德语单词的俄语音译，指希特勒自传《我的奋斗》一书。

刊载很奇特
仿佛被裁剪的一张杂志封面

好像缠扎伤口露出来的纱布
还好像未来的雏形
明晃晃的干旱轻盈的童年期待的
夏日清晨窗户大开——

你就是你自己
变得愈发坚硬又平易近人
只为得到神性眷顾

像所有材料一样，它在我们中间并非无用
只要出事能收场

1962

海外之鸟

给阿·沃尔孔斯基[1]

像鸟影一样看不出来的折射光
让活着的朋友忧心忡忡

这一点无人可以动摇丝毫
仿佛大地的生态系统中
夜莺积蓄的力量
仿佛人们常说的死亡例外：
心——横截面——北方

并排的来和去
发现羽毛和利爪
它们明白钉子般鸟嘴、钩子般鸟爪和鸟躯干的厉害
不害怕对视

清晨的街上，脖子必须忍受
墙壁和风吹出雪堆的寒意
还有神秘的蓝色句子
为所有人传授衷心荣光

1　阿列克谢·沃尔孔斯基（Князь Александр Михайлович Волконский，1866—1934），俄罗斯公爵，军事外交官，政论家。

这荣耀属于白色的光——神的莅临
在它用于怀疑的密室
荣耀属于悲惨帝都和世界亮晃晃的赤贫

属于雪——用神的——刺破
无色之本——面孔的雪

属于明亮的——天使——恐惧的
色彩的——脸庞的——白银的天使

1962

旷野——在森林篱笆前

那之后，白色的——我们广阔的——慢慢陌生的旷野
横梁——遥远处我们的——趁着我反对时——我的

王国一花园般在开阔的高地上一片素白
萨拉班达[1]式空旷
干干净净没有一点点触碰痕迹

孤独又长大成人的我从这里将会理解
遥远的、另一国度的——色彩
那里绿色的兽穴之后
是人类理解的“旷野”孪生子
是树木黑色的细枝
还有小雪橇还有峡谷里的孩子们

仿佛动物的鳍——干净遥远脆弱！
特别是——走到旷野上！脖颈凛冽！
假如心灵似已领悟神性
即仿佛神可以拧断所有人的脖子

1　萨拉班达舞，或称萨拉班达舞曲、萨拉班达小调，西班牙16、17世纪的一种舞蹈、舞曲及伴唱民歌；转意为令人头晕目眩的喧闹。

澄明透亮甚至用不上眼睛看
此时走进旷野
被我抛弃到视力外，只为怀念
孩子们留在原地未动也包括我

渐渐全都获准，好似梦中
存在，眼看着，还疼痛

肯定有什么隐秘
有什么特别之处
跟白纱布似的、绷带似的——被遗落
在家里的那种空

但我身上纯净之中的纯净伤口了然于胸
我也知道什么是葬礼的孪生子

一定有仅存孪生子之岛的地方：
第一干净的——第三干净的——永远干净的——
干净的旷野

1962

卡西米尔·马列维奇[1]

……旷野向天空升起。

选自赞美歌（变体）

劳动守护者那里只有父亲的形象
对世间的崇拜并未引入
简单的愁绪不见真容

从远处——好像教堂的唱诗
从今以后不认识歌唱家、教父
唱诗变得好像不认识的
时间分段的城市

那些年另一种意志也将自身
如法炮制——
城市——书页——铁——林间草地——正方形：

——简单如灰烬下温暖**维捷博斯克**[2]的火焰

---

1 卡西米尔·马列维奇（Казимир Северинович Малевич，1878或1879—1935），出生于今乌克兰基辅，几何抽象派画家。参与起草俄国未来主义艺术家宣言，是“至上主义”艺术奠基人，代表作品有《黑十字》《黑色正方形》《黑圆圈》等。

2 维捷博斯克，位于今白俄罗斯东北部的一座小城，人口约40万。

——在暗示的标识下**维利米尔**[1] 被出卖、被俘获

——可**埃尔**[2] 他好像一根线，他远远地为了永别

——这就好似圣经的章末图画：切口——结尾——**哈尔姆斯**[3]

——黑板上其他人画好了
白棺材草图[4]

于是——升起——旷野——向着天空
每一块田——都——朝向
每一颗——星星的方向

使用铁的末端击打
在寒酸的晨曦之下
世界已终结：好像生活从空中
一览无余若为了从空中俯瞰

1962

1　维利米尔，疑指维利米尔·赫列勃尼科夫（Велимир Хлебников，1885—1922），俄国未来主义诗人。

2　埃尔·利西茨基（Эль Лисицкий，1890—1941），原名拉扎尔·利西茨基，苏联艺术构成主义大师，“至上主义”代表人物，在绘画与建筑之间构筑先锋实验，大大影响了现代艺术史的发展。——原注

3　丹尼尔·哈尔姆斯（Даниил Иванович Хармс，1905—1942），原名丹尼尔·尤瓦乔夫，苏联作家、诗人、剧作家，荒诞派先驱，后现代主义代表人物。

4　在去世前，马列维奇给自己的棺材画了一张杰出的草图。——原注

突然——节日闪烁

要知道你的名字并不叫白天！——

仿佛这是阳光鸟
（现在“**莫扎特**之光”[1]本可以说）！——

嬉戏的轻盈之物满世界转圈
仿佛自转
绕着向日葵一圆盘子兜风
远方充盈好像时隐时现的嘈杂
和少女的光芒！——对于节日更神圣的
则是初升的光辉——

（尽管我们总是会死去
死正是以我们为生：
我们两眼放光寂静弥漫
不让自己明白）——

森林之影愈发澄明

1 可能指的是莫扎特《安魂曲》中的“羔羊颂”或称“永恒之光”乐章。

这不——仿佛圣礼之匣
闪着光芒排成一行行
还添加了它
古老赞歌的最后叹息——

于是——世界太平！——河水银光粼粼，林中草地金光闪闪
我，少年郎（似乳臭一未一干）

1963

被自己推开的花

在经他允许、来之不易的深渊
中毒太深的他还活着

他老了可有一次做梦还是又沉又吵
梦见被遗忘的，仿佛木工忘记一张没拼接好的桌子
头一次容易让人理解的女儿
他苏醒过来在一盏灯前把自己安顿好
才明白自己是一座真正存在
还能自我拯救的花园

他想：多么奇怪墙壁从早上起就在
噢真不明白谁的眼睛能说话
这一切都是儿戏从今往后有的
只会自保好像眼睛

当人们珍惜什么的时候仿佛就真有什么
为何不能破坏如果只有我被隐藏
在故事里珍惜无用之人没有意义
噢这种隐蔽所真让我不明白

他走路很轻的双脚越来越沉
好像童年对图画册对锁骨的关注
知道一点天生长得鲜亮之物
无论外部还是内部的混合密林
均看不到衣服的颜色

还为自己
在自己走到的秘密处采撷鲜花——
仿佛地下室执行枪决时的记忆一样美好！
深受月光之寒的熏陶
在旧俄中学生之夜

他像一个北极地带一锁扣悬挂似一片羽毛
——噢到底哪里是那个听写字母 Aa 的底部
那个河流好似奔流而下的底部还有一位头缠绒毛头巾
沿着——河岸——而行的女人
河流——Aa

1963

花园的布置

捕获这朵云
在清晨孤独林中草地的注视中
自下而上
在专为茶碟而备的相似光线里
只为略微抬头
让与脸平齐、相对怕光的眼睛
相对过于明亮的窗台惊讶不已

易流泪的这种孱弱再次赠予
墙上远远的斑驳
还有栅栏和树枝的孔洞
柔软的下眼窝闪着光泽
大街上的女人们
摆放好金莲花
在灌木丛和长条椅之间

我允许自己的视线只穿过花园
靠自己愈近天色愈晚
于是我将轻薄清新的负重
揽入怀——

不会拒绝隔壁一棵树
细微移动的尝试

记忆里八月与花岗岩为邻
在它的反光里
还有并排而立拥挤的房内
保有胜利的即日
是所有人和一切都在场的这一天：

云、太阳公转和妈妈声音的集合
（兼带着闪闪发亮）
通向星辰、引发太阳穴
疼痛的梯子

1963

恐惧重返

孩子们一身银光你们的锁骨镀锌一般
手放在妈妈的脸颊如一本书中的**挪威**
但人们将颜料泼洒到十字架为了人体组织能溶解掉
仿佛**耶稣**手上的一块皮

噢请记住：是修船厂，那里钢铁映照
人群、美洲豹、彩虹

作为森林之主、皮肤鞣革匠
公共汽车里人们眼睛死盯

于是面目清晰的祭司你似青苔般被削掉
还自我介绍
不明白

——情色好像天上的画线好像无名的异乡鸟！——

这条小提琴之弦能做的
唯有切掉腮上的印迹

从此以后

野草丛中只有忧伤可期（不间断地仿佛汩汩泉眼！）——

与猎物的毒刺

自认为相当

1963

森林之始

放眼望去仿佛蜂蜡冒出来
一片光亮！
带着光洞、火焰，带着火焰和光洞的反复
带着妈妈声音永恒不变的地方：
“哎咿——咿”

在某人的车厢荒淫的公断令人痛苦
秘密在这里筹划
人造皮革留下圆形的坐皱痕迹
微微泛着梦里的白光

添好柔软的、烧得正旺的煤
似乎已安放三个生命
井、山冈和房屋
少女——柔弱的——小溪——岸边
远远地嬉戏

尔后再次靠近

1963

献给诗人的短章

赠斯·克拉索维茨基[1]

到处都是你的色彩
特别是在小玻璃瓶上边
你——是能感染你周围一切的那个人
像金鱼
用自己的血

如此藏匿钻石也许就在炉子的风门之后
像你曾经如此温柔哪怕你衣袖破旧

还伤害了自由飞进我窗内的雪
它触摸你本已遍体鳞伤的恩赐
然后是我

好像眼睛之环，山房里我浑身如此通亮
你也同时被照亮
我长久地凝视圣像
每当北方首都的夕阳西下

我即目睹你的血

1963

1　斯·克拉索维茨基（Станислав Яковлевич Красовицкий，1935— ），出生于莫斯科，俄罗斯诗人、翻译家、宗教和政治活动家。

致恐惧重返

噢请记住假如人们眼睛死盯着看：那公共汽车里——森林
都是主人！

那么大街上——仿佛有责任的人
甚至还要为你的日常负责：

楼梯上：

下去！

那么谈话里——
成为只有在它们形象所在地保存
最接近的思想之人！

这——与其四周飘散
倒不如所到之处均一个人留下——

你重新安居这里！另外的——一个
像空间一样——只有等待的：

非常好

如此明亮之地

它——就是你：

随处可展开——甚至包括黑板上——

仿佛光影

在银色的戒指后：

殷红转瞬间仿佛窗棂后的伤口——

等待落在边缘的踪迹

你知道吗：你在哪儿？为什么？

要很久吗？——如此展开更类似于空气漫卷——

假如碰到——

那么痛苦之末也不能预料：

无论是哪里无论在哪个高度

1964

雪的出现

似轻柔、亲近、绰约少年
往井底飘啊飘
用苍白的脸将我的梦横断

沿着心房将我照亮

翌日清晨从井底返回
窗外植物悉数压弯
拂晓之唇仍将为我染红

带窟窿的粗呢大衣上的亮色
是看不见的雪

它在那里一动不动
那是个明亮的地方仿佛一把椅子被远处的太阳照亮

只有它们的地方

与血类似，缺乏分娩的皮肤
缺乏额外的表皮

火焰越发猛烈——因为火炉，因为天空——仿佛我们的影
　像已显现

在大街上在童年

在野外以及软禁的家中

在石头和黄色的纸上

1963

童年熟睡的

很高——我灵魂之河：
你们相互交融
如此——天色将晚——
远方越来越远

因遭受溺爱之事的打击
喜爱的柔软的
你们在那条河中衣着古怪：

是否小孩式的故意作对如点点星光
那里，在黑暗幽深的远方

可自己——变成敞开光线下的冰窟窿
在旷野的光影下你们远远地闪现
好像密林中的林中旷地之顶——他们的容颜：

身处旷野某处你们迎着风
现在梦中恍如手稿——它亮闪闪的表面：

——澄明无碍

1965

窗 = 梦

白色的暴风雨——旗帜——还有小十字架——罅缝首次从这里
仿佛来自大脑来自心底而眼睛
通往精神（这是暴风雪在低语）
神的精神——越来越刺骨：

越来越疼——一切都越来越薄—越来越快！——

可这是一扇窗……而旗帜和十字架—罅缝望眼欲穿
——变成某地的蓝色之底
一切离神愈来愈近——

亮如精神之死！——

于是让旗帜猎猎地远离我吧，银色的暴风雨快下吧
我拥有很多：蓝色的——家里——分开的——
——好像底部——十字架的
被杀的人成为世界的尸骸
在它后面我将被照亮：

噢望着远方先知

1965

第二辑 穿行到林中草地

(1964—1970)

春天前夜

门厅的光线暗下来
那里有个很吓人、穿着衣服的怪物
不知是树影还是什么小动物
仿佛岛屿熊熊在燃烧
无法理喻的危险之物在浮游

大公鸡用嘶鸣预警滑坡
来自大地遥远的土方
但黑暗仍留住自己的躯干与远处
绵延的凹陷用看不见的烈火

为给白色的旷野烧荒
为林中草地遮阳

1964

第二首献诗

致 А. Б.

仿佛用蓝宝石小心翼翼
雕刻你的脸庞
还有上面那一双碧绿的眼睛
喜欢这就是你

难道
是颈之灰在梦中触碰到你
好像孩子般——孱弱之后更强壮！
他的掌窝如树一样别致
在节日的光照下它们两个
一会儿如小路穿过院子杨树般沙沙响
一会儿又好像鸟儿在某个地方再次歌唱

到了晚上可怜小推车的铁毛刺儿
——谁比它们更需要饶恕
为何让这样的针刺开心
所有人都想要亲自为你们梳妆打扮
可许多人不知道该怎样行动

我保存这个伤口如同核心

就算如我说的那样伤口发着光
现在闪着光
滑过你离开的过去还会有一颗星

为了那一颗星还在
就该趁我在时关灯结束

1964

童年献辞

在好像识字课本般的斑点之间
黄昏时分被吹干树皮的白蜡树
还有我的——就这样留在森林里
成为树叶上自由之斑

同样，目光中碘一样的黑
对于你将无比珍贵
好像这一切对于无辜的
陌生人的劳动一样

可爱之人浑身银光闪闪
害怕鹿简单的孤独
你——不知道这以后时常
已不会再有
像这棵树一样的铅

“噢茅草屋顶上的春风
和屋顶上
携带雨水的风玫瑰”
像童年一样如此安静的交易

彼此不需要的阴柔——

仿佛越来越接近血色带着鸣叫
满眼通红并认得我们
只为用一张张明亮脸庞——与背离我们的根类似
在不幸中将我唤醒

微弱的火焰
眼泪已在被照亮的边缘
离我们飞溅而去为了自我救赎
还有将我们一并认出——

那里和那个时候我将看到
以前从未有过的所有这一切：
城市仿佛寂寂无闻、铁一样的牛蒡类植物——湖泊——还有高山——还有冰川
还有在此地留下——自我
会在某处像玩具一小房子一般（狭小的窗户随着一闪一晃）旋转吗

是在红色、谁都能看见的浓烟里吗

抑或——不清楚——到处都是

1964

康斯坦丁·列昂季耶夫：奥帕基纳修道院[1]的早晨

再一次——同样的旷野
仿佛你未见过：

楼上的房间里——好像——你用自己的疼痛：

赫然建成：同样的——曾经的——辽阔！——

再一次
你想起某个第三者
无语地解释什么：

家中——母亲尚在——她好像正摘下十字架！——

于是——好像在通往旷野的河口
掌灯时分——重新——你在窗边聆听：

“好的”——你在重复——仿佛要把被照亮的地方

1 位于俄罗斯卡卢加州教区科杰里斯科（Kozelysk）附近一座偏僻、小型的俄罗斯东正教（男性）修道院。

装进体内：

——噢好的！——

于是永不改变地
新鲜地
这样重复往返好像日复一日
一样清晰
于是——即使并未积累
任何财富——正值壮年：

好的——跟那个时候一样！
窗外
无休无止：

跟着白柳的树尖儿一起摇摆起来：

播撒光还有尘土
好像一棵小云杉树！——

如此——循环往复：

在闪耀着一团团白光中的幽暗：

自圆其说——何谓存 在

1964

童年节日

呈现的红色
现实危险——若供养情人
洗濯无以言表
在遥远之地眼睛像水一样
居家的白色连衣裙

脸上跟色彩一样，现实
会晃瞎无色的澄明
——别将自己的眼晃瞎！——
另一位——处女
我身上最好的部分也被现实晃瞎眼
好像那些波浪般的阁楼
忧郁地——令其自己无法自已！——

尔后平静下来如家养的纯白色——

那些扮靓自家房屋周围的鲜花：

那里：我哭—和—连衣裙——仿佛雪堆里的大酒杯……
那里：我—和—人们在微笑……

接着又语无伦次
接着我又笑了

1965

最终的你

穿过五月班加罗尔火焰的树枝
变成丝绸吗还是被攻击的风
你伸懒腰也是这样
涟漪只能靠想象：
是这样吗？——我对自己说
那个地方以前有人见过没有
是在雪的歌声之上荞麦在空中头挤着头
哎呀一显露出来
可——是不是这样？

伤了自己我知道在某个地方**透着**一泪一光
仿佛花园可以被注意到
移动时
可察觉一人们知道一和一再高些一闪耀
沉睡者的颧骨将变成金色
因为痛苦是唯一的
那里理解之时
还有这里

深夜——仿佛衣服脱离你身——

头颅——游戏中的障眼—故露破绽

为埋怨—更强烈—比—大脑—属于—攻击者的—更高

还包括我居于其中的自我思想

它将要么是你（这是铁之色——狩猎者—猎人）

要么是你们（这是带血的颜色）

还有当所有这一切都没有时

那同样也有——我

1964

K. 在沃尔塔瓦[1]的童年[2]

教堂之牙在我心底拖拽前行
非那种——暴风雪中——透过书本上的
概念——白色的——还有旷野的
那里已当了妈妈的莫不是谁家的女儿
正在梦中抹泪：

眼睛越睁越大
令人怜惜之痛：

数不清的洋甘菊
在头顶摇曳：
一次又一次

招惹蝴蝶……
我一貌美如花的一女人……像洁白的头巾般飞舞
再飞一会儿——远去的

1　位于捷克境内，拉贝（又名“易北”）河的一条支流，全长 435 千米，发源于波希米亚森林。有捷克第二国歌之称的交响诗《沃尔塔瓦河》(斯美塔那作曲)，即以这条河名字命名。

2　K.，即弗朗茨·卡夫卡。《黑色一小时：拜谒 K. 之墓》一诗中的“K.”亦同。——原注

让双腿释放——渐渐消失
愈发明亮的旷野绰约可见——

可拍溅声还在继续……眼珠子瞪圆
我朝上看着那茎秆的四周

再往上——花瓣已散落

1964

森林——只是喧哗

仿佛许多块干巴巴、失去颜色的干牛粪
风吹得它们路上乱滚！
你——屏住呼吸——
好像旷野上的一口井：
井口之间和井里

还有发丝——好像被束缚一起的昆虫
一和很多！
村子勉强看得见
好像雪上面的灰
耳畔沙沙声愈发响亮
仿佛某个地方的村子本身那样

听者＝哭者？
命该如此其中似乎看见已获允诺
满脸泪水——发自内心深处！
雨的痕迹通向好似一个夏日清晨
流满双颊、也流到脖颈
也流淌在自己和被哭之人的身上

浑身都是泪——仿佛流到玫瑰一身体的一一部分
终究还是流到玫瑰上！

那之后流满脸颊

1964

童年的一个清晨将至

如此选择——仿佛大人帮穿衣服！
莫非是用童年白色的金属缝制！
白色之躯像精神一样被捕获
另一种属于自己轻盈的
当它们从一开始就在某处摇晃

于是——如雾——携带一颗似乎年老之心
河边的牛蒡草自在

云彩一思想难道不是岛屿
白石的诞生到处都有
——并排着的所有人都像是睡着的亲人
他们每个人的身长相差无几仿佛整齐的旷野——
另外——被光照亮的身体
神赐的静谧

他们还在沉睡：神佑一亲爱的人……
烹鹅大锅一天上的一朵朵白云……
三岁的大鹅……岸上银光一闪
要么自己逃脱

要么被逮住

要么营造唬众之气

1964

致最终的你

黑暗中它身上的伤口
难以忍受
吸引鸟飞到脖颈——鸣叫
好像银色一样吸引它

在它的火里我就是引起回忆的那些地方
桥将跟随城市移动
房屋的轮廓——
只留在火焰停留的那些地方

是我吗——想起了森林？假如
它的地方在枝杈间越烧越大？

我所有可能的“哪里”的所有物品
（那些所有的哪里只有它可能被隐藏）
那些所有人的“哪里”——它的
我不会熔炼成自我吗？——为了成为一个
火堆里唯一的仿佛将大脑
边界隐藏在摇篮里

成为想念展开宽度的人
想我一抑或是一火焰？

于是浑身带着擦伤的心脏还有
甚至对另一个被遮蔽世界的认知
以及绿色以及可能的异物
还有底部还有殷红？

1964

以及：仿佛另立门户

你——在每一个点
这个眼见之处！……——

仿佛用蝴蝶的红色之网
已被杀死
趁着还未分开——

好像越拉越开：

她：

在梦里！……——

心——你现在——承受痛苦——与此类似！——

你——同样变成红色跟许多人一样
也用田野劳作人们的痛苦惩罚自己：

良心——

仿佛永久的和始终融化的
教堂的——旷野间——征兆

永远用干草垛照亮
还有儿子的肉身 = 那就是——我
你选择的一切都是为我照亮旷野
那里你曾是某个人的旗帜

接受伤口 = 网—覆盖之物
你一直留在红色污点之中

直到我被你选中

1965

致童年的献辞：搓核桃

粉红色纤维的，纯洁的……

——萨福

噢 粉 红 色 纤 维 的！——

堆成简单的一堆：

木架上
请搓干净一板一板的核桃——

将收成搬出来
然后铺到马路上
铺成各种形状：

好像长长的肺叶：

连成一片！……干干净净——

噢简直！——感觉：它 一 直 都
像一行行音符：

可自由弹奏：

在旷野上
在草垛上：

用空气的手指头！——

似乎回忆起——曾几何时：

身材姣好又纯洁的：

井井有条

1964

殴打者的赞美

耶[1]—圣容——好似从耶—大脑的顶部
照亮肘关节的——

锐利仿佛亮晶晶的钻石
在镜子的深处——

耶—圣容就像耶—支柱的样子
在肘关节处
您的容颜已尽毁：

带老鼠图案的一粒热珍珠
自由自在徜徉在耶—天空温柔的墙洞
仿佛大屠杀冲天的火光！

可那里暗淡无光的雾气弥漫四周
您的容颜之地得以保留
现在鲜血尽染的耶—梦四处横流
好像在满是空洞洞伤口的教堂：

1 耶，原文“Йех”，亚美尼亚字母表中的第五个字母，表示数字 5。

耶—滴滴鲜血！视觉的头生子们！耶——股股哗哗流着的血
闪耀在思绪里！
在那里客体的概念许是可能
存在了耶！

还有光：

匪霸盛行：

可爱的天使变的——

照在我们的脸上……空中的“小小鸽—小鸽子们！”
咕咕地叫——为着脸后面狂怒大声吼叫：

“得了吧——这就是耶！”

1965

我们走近森林

致格·伽伏里连科[1]

在古老的——容光焕发的——少女的梦里：

你漫不经心地追踪
云朵的潮湿：

好像鬓角后：

珍珠的—阴影！——

这阴柔的混合物
类似于：

树林的雾裙边：

自行调度移动
也警告自己：

当心由内向外！——

1 格·伽伏里连科（Григорий Иванович Гавриленко，1927—1984），苏联艺术家、画家，苏联先锋派艺术代表人物。

于是：心灵纯洁只因为存在很多阴影
因为什么在什么上面却不清楚：
噢真令人惊异和感到安慰，其中任何一个！——

这些
渐渐被阴影覆盖的岛屿：

让别人看见
未加指代：

不要急着相互寻找：

在树林边：

往树林之上

1965

告慰：玫瑰

致 H. A.

一想起您哪怕是脚指头——
好像都令人想念！

智慧更甚，高领外套
遮住我们的头
在您的面前！

与此同时您可能正是
从那里
临别之际
始才明了：

哪里才是嫡亲——只一个秘密：

色彩里天才的沉积物
还有才智——
那原始的一层！

就这样吧——分别之时！
还有曾经的

还有这里：

仿佛在外人面前——
说什么都是冒险！——
说那些人们不曾言说的——

譬如：
几乎并不存在的：

几乎越发苍白的——
仿佛勉强能想到

几乎唯一的——
仿佛已奄奄一息

1966

再次：在梦的间歇

观望的
永远不再生长：

无论日子！还是世界！……

唯一的只有
未被终止的——

是在它的外表
灵魂滑过的吗：

像尘土！——

尚未出现
永远是观望者的光！——

可飘飘荡荡：

未被照亮的灰烬！——

撒满大地

1966

八月玫瑰

……那已是暮夏

爆竹柳之间和沙砾里。

——伊·安年斯基[1]

噢多么

疼惜——没有止境！——

我们如此亲密在你们腐熟的塌陷之时：

仿佛在我们动情时的——

头骨！——

好像

在那种亲近中的你们

当爱人快要死去时

我们盲目地以为看到了深渊——

于是脸上呈现出

崩溃前

1　伊·安年斯基（Иннокентий Фёдорович Анненский，1855—1909），俄国文学家、诗人、批评家、翻译家、戏剧家。

新鲜的白色

微粒

1966

诗人在沃洛格达[1]的房子

（康斯坦丁·巴丘什科夫[2]）

殷勤的形象骤然飞进心灵深处……

——彼得·维亚泽姆斯基[3]

并排着的——丝绸的世界：

仿佛它挣脱后落入大杂烩之中——

它的闪耀
和颤抖：

无法停止的：鬓角的——

让脸部变形的
好像风中——

在丝绸的光芒里——似有灰烬：

1　沃洛格达，俄罗斯沃洛格达州首府。

2　康斯坦丁·巴丘什科夫（Константин Николаевич Батюшков，1787—1855），出生于沃洛格达市，俄国诗人。

3　彼得·维亚泽姆斯基（Князь Петр Андреевич Вяземский，1792—1878），公爵，俄国诗人、文艺批评家、历史学家、翻译家、政论家、传记作家、国务活动家。

容颜的！——

现存的：

一切的——

被风腐蚀窗户的：

还有被光：一直到鲜活的脸庞——

渐渐消失
如珍宝般的：

丝绸：

风：

以及阳光之间

1966

饥饿——1946

这事正逢逾越节……

——阿·克鲁乔内赫[1]

因为饥—饿—饿：

死者的脸
很美——

那些珍—珠很危险：

比盐还亮
是—啊……——

——鬓角呢：同样——因爱蓬松？——

不是心——而是目光
注视之下的吧？

1　阿·克鲁乔内赫（Алексей Елисеевич Крученых，1886—1968），笔名亚历山大·克鲁乔赫，苏联重要的未来主义诗人、艺术家、出版商、收藏家。其主张玄妙、荒谬入诗，主张诗歌语言的抽象化、无主题，去除一切生活之污、碎片化、灵光乍现以及令人费解、别出心裁的组合等。

别样的纯洁吗——那 里？——

是否又是其他的自由？——

呼吸的？……——

明亮的一天，对吗？

1966

还有：玫瑰花谢了

没有沉睡者——却不无做梦人！

仿佛
颤巍巍的火焰！

同样：

塌陷之前：

它——任何人都感觉不到——

至无底洞——
无尺可量：

为看不见地方的
那些物体燃烧：

给地面
腾出地方
所有的：

包括尘土的：

包括心灵的：

于是：我宁愿自身洒落它们！

于是："以利！以利[1]！……"要是没说过就好了！

于是：好好的玫瑰

于是：

没了

1966

1　以利，以色列先知，大祭司。先知撒母耳（Samuel）幼年时受到以利抚养教育（《撒母耳记》上 1—4）。

梦：排队买煤油

我们排进队里——相互紧贴：

我们把站在
前头的人推到长条凳上：

母亲的血肉之躯
衣着整齐！——

拥抱在一块
我们在黑暗中跳跃：

只在某个地方：

森林：

似乎准备好
抵达黑暗之底——轰隆声——照亮一切：

人们推搡我：

"你要给灵魂命名!":

我迎着风大喊:

"噢,也许思念
在——可能——唯一的荒野?":

然后我们停下来:

回声回传到我们跟前:

我们相互把手臂放在对方的肩上:

我们也同样在黑暗中跳跃:

旋风里我们
浑身闪烁白色的光
被打开:

仿佛自己打开一样——地方
何人抵达:
好像是明亮的林中草地:

那里的风

仿佛幻象
呈现：

无论在哪里都会将我们晃花眼：

说话声也听不见：

什么：

也都无法去想

1966

最终的玫瑰

你们让出地方
给最远的一个：

已看不见的

那个
摇摆最特别
连空气都不碰的

世界上都没有的
在移动的尘埃
和时间里

为了它的盛开
提前
已设想好如何凋落

还有你们自身的洁白

1966

度：稳定度[1]

致瓦尔拉姆·沙拉莫夫[2]

你们本身有点像霞光值得一观：

并且样子可能
亦经由所有人确认：

但又不取决于所有人：

这是看不见的赤贫之火吗
在无声无息：

显露短暂真容的风中？——

或者危险存 在的可能性：

在被照亮的脸上——

仿佛

1 稳定度：据“稳定性”一词而来（海洋术语：表示航行期间保持船舶平稳的能力）。——原注

2 瓦尔拉姆·沙拉莫夫（Варлам Тихонович Шаламов，1907—1982），苏联小说家、诗人，其最重要作品是《科雷马故事》（*Колымские рассказы*）。

等待者遮蔽的可能性：

像保存了什么一样？——

或——非一明显的灼热（仿佛慢性病某种征兆的）：

到处——看不见——万物的光芒：

它 是 终结者
词语一火焰：

甚至我们的预感
与思想之地亦早已被包抄？——

是否它到处都似乎在无声无息的风中：

杳无音信、行尸走肉：

自燃？

1967

梦：通往旷野的路

你——一个几乎不存在的人
为何寻找另一个——

连骨灰都没有的魂？……——

你从路那里能得到什么？它的阴影
隐藏了什么……

我正写下非凡的句子：

它不在那里……你发现不了
它的踪迹——

此前到访过的……

1967

以及：像一片白色的叶

灰烬里没有透明……死亡——是声音

给神的吗——呼喊？
它——在灰烬的表面：

结果呢——一 线 光 明？
噢财宝不是祭品：

不是表演！……也不是颂歌的声音：

是——让 你 亮 瞎 眼 并 接 受：

以 及 呈 现——因为“有”被发现：

噢 寂 静—耶 稣！……

1967

解忧：旷野

作为外形——作为灰烬（就像作为大红的云朵）：

旷野的（像霞光下）：

旷野的（像灵魂的）：

请你驻足
噢祈祷文（失眠）——

仿佛被涂鸦一般！——

取悦（弱者）：

（噢从它的火焰：

长久：

直到忧伤！）——

仿佛在大教堂里！——

自由涂鸦：

（知道将会发生什么）：

可是思想并不接受！——

永恒地（像风——教堂望不到头）：

噢独立地！
（因为没有灰烬）：

没有争吵：

旷野（即灵魂）

1967

地点：啤酒小屋

噢显然
教堂的力量
到处可见：

年 轮 之 光
有如一个国家的容颜：

随意：
任何一处：火：为炽热：延伸！——

这 可——不是呐喊！
是辽阔的
持续不断的阳光—普照：

穿过某种浑身长满鳞片
湿漉漉—窸窸窣窣的：

持久：全部的头顶上：仿佛全被砍掉的：越来越开阔的：

更高处：熄灭—火焰之上！火的灵魂之上！——

为了往上一之上一标注一清二楚：

比声音的可能性更高：

“国 家!”——

像——穿过锁骨！——透过脸庞：

甚至不变成含义与声音之形——更像是思想一绝望之空间！——

明亮——仿佛火焰一绘画：

用血一精神错乱：世袭的矿藏！

1968

早晨：地铁：安慰

就因为嘈杂声中不见神父在其一越来越一辽阔之地：故乡的旷野：

就因为像肉身之花的故乡
可谓几近一被凌辱：那种颜色！——

就因为你渗着血一样的东西
在那个赤贫的黄昏一是什么一我：

噢字母 词语 火焰 燃烧的身体：

在向上一某种珍贵的精神集中
仿佛容颜正在呈现！——

就因为那些地方
似乎在脸上：

融化——四周死一般寂静：

仿佛从祭品中被扔出来：

像其中未来的——塌陷：

——这样一切——永远——祭祀之时业已可见！——

就因为噢也许就因为
那些人的身后你已成为——被哀悼的核心：

火中变形的外观
好似来自**前置**—视线的材料：

那里还是儿童的——因为幸福——身心愉悦！——

于是我们流泪和歌唱
前置—词语暗中约定：

甚至名字——犹如**火焰之衫**：

呼喊十字—**耶** 血—**稣**：
我们呼喊——犹如——我们复活：

就像复活的刹那就是
喊出声音的耶 稣 会 教 徒！——

你：神—用喊声——劈两半（刚一开始婴儿母亲：神自身——
初级游戏者进阶）
是的：一劈两半——直到腐烂一层
曾经被遗忘的以前的肉身！——

你用燃烧的塑像之火将灵魂分开
在黑暗中在地铁在我内心在远处在隧道里：

远离——在温暖的等着我们的
特别死亡的——似乎非常活跃之空间：

于变形之中：在步履匆忙得——好像哭泣的人群中

1968

还有：苹果树开满了花

现在不一样的
还有梦之空气：

如此鲜艳白天盛开着：伤口
在它们新鲜的光亮里——在成为记忆的那里面！——

在女性的阴影中（甚至多于
衍生一穷人的——跟你的贫穷不同）
你看见走 出 房 屋 的 足迹
花丛之间醒来：

恍惚——在幻影中：仿佛刚刚并排着
有人捅了一刀接着灯就亮了：

于是黄昏里——花 盛 开
（刚好在这个苹果之月）——

花瓣一它们的一刀在慌乱中被放下：

人们搅拌血——跟水一样！……——

回忆？——你自己去吧！——但不是回忆你……——

最终——走到门槛的—什么—脚步 就 这 样 荒废！——

安放——在祭品——伤口里：

用农民的——哭—血……——

家——像旷野那里不久前
你还在——手伸出去一摸：好似在外人—旷野的风中……——

（话语中的“永别”——好像某个毫无意义的神：

还有——“曾经”将驻足：

好似它空的踪迹）

1968

公务：早晨：纸

致 B. C.

你们——非 如 此 这 般 的 包 围
是自身的 楼 梯 那里贫穷——似天边的霞光：

噢 请 铲 除 疾病！似乎无论碰到哪一个
它们从来都能找准方向：

带着思想！——

噢其中每个都不缺——它们的配给！——

完毕——只为挣脱：

为了在挣脱中
好像在某个人的手稿里：

比我们更重要
似某个人的灵魂：

非我们的——而是以我们之名！——

仿佛穿过光亮升起：

为了在闪烁中让某个人
消失！——

于是——“所有你们所有的”我会时常想起：

“噢你们如何能忍到最后
所有发生的这一切
穿着露背装？”：

我撕烂一张纸：“因为自己并不出众”：

于是——请 铲 除 透光的地方……
要么 楼 梯 这边要么那边：

透进来的只有寒冷——比失眠还厉害

1968

仍旧是——森林

这是森林里什么地方？歌唱它们——神
应该能听到——噢已该离开了！——
它们都未能赶到点儿上
即便用了 最 高 嗓 门：

那里思想是怎样将黑夜照亮
白天清朗有如神谕：

让它去吧——如此想要 歌 唱！这是我们的幸福
因为 这 样 我们就可以代表它们！——

但有的——不仅仅是被代表：

还有 一 个 明亮的地方——在任何一个林中草地：

对于我这太重要！——

那么分娩 之 光（同样众人皆知：

歌唱——在森林任何一个地方

它的同一个神）

1969

你——少许——春天里

什么——秸秆的腐烂
还有——腐烂孕育生活：

还有感觉——仿佛风——在此生活中？——

哭泣——好像带着镀锌管一般的
祭祀品和**先前**已被**简化的**不幸之反射：

对银白色的——滴着血——无处不在的贫穷之爱！……——

（光——像风——终于斜着
在侘寂、难忘的闪耀中
让久远——像姊妹般的麦秆弯下腰：用情感！——

亲爱的——好像低声耳语的：

在虚弱的豁口中……）——

可袖子
在冰上沾满了血

走进那个世界……——

现在——当完全分开
一切——好似带着圣衣的洁白——噙着泪水！——

服饰闪耀着爱本身的光芒

1967

山中白色的野蔷薇

谁能给白色配音？
用哪种笛子？
你让哪一位显形——闪耀之时？……

……………………………………——

你——穆 罕 默 德 的 梦……——曾经他的开始——跟
　那个早已将心灵战栗
当作灵魂般的国家孩子们的一样！……——孩子们的：

优选的：

急速——在好像！……——被元音
刺破——类似太阳窦腔的平原之上！——

并且——它持续得非常激昂：

穆 罕 默 德 的 梦！……——

就是它——在山里！——用它的长度和它的深度

在山里停留：

白色的——在烧得最旺—— 至 白！——

至无法看见——不仅肉眼看不见：

而且心灵的纯洁也不行：

用非常之火——已不再炙热的！——
它的冷漠

1969

再一次：从梦开始

梦怎样发声？
嘈杂不清的思想
通过还不曾有过的
类似“噢一是的一已经一在准备”的言语：

它——如此发声！
可它到底是由什么构成？——

梦——仿佛丝织的陷阱
可——人们仍有机会惩治窝藏者：

收获——像用刀刃！——

劈砍——似幕帘：从里往外闪烁光！——

于是你将完全敞开
为了充气一国度的光辉：

现在——用这 种 精神检验：

结果——那时——就这样：

你——骨头—和—受伤的=噢——在—世上—地方—有—你的：

你疼吗？——于是一下子—“我”—你—就是
你——出生的地方
这个点：

敞开——你——在——肉里——直到——满意为止！——

这样一个——被旋出的点：

要么去到人民—走廊要么落入严寒＝无语

1969

再一次：森林之地

又 想 唱 歌！是的！还是 它 们
唱个不停的——到处——同声唱和！——

还是那个时间点将近时
被唤起：

一片光亮
——林中草地—痛苦！——
静止
又清新——永不枯竭！——
仿佛清晨曾如此稳固
在我心中：如在世上：完完全全：

那里它们就自有地方安顿
在其有血缘关系的
其他地方中间：

那里我曾经很熟悉！——

亮了

仿佛幸福时光：

高高在上
堂堂正正：

山楂——歌唱时沉默不语
如沉默的神——在发声的**词语**之后：

沉默的——未触及的个人：

只要一碰——就会：**神** 无

1969

黑色一小时[1]：拜谒 K.[2] 之墓

致奥·玛申科娃

噢无名的光
沉默寡言之人的：

关于它们所处的状态已然不同——仿佛是关于新的惊吓！——
并非世界的证人：

贫穷——所到之处无孔不入！——

闪着光泽
好像神的白石灰：

墓碑上碑身的表面！——

我 是 它——好像内在
贫穷的物性
（我们像了解疼痛一样
且知道得足够多）：

---

1 此处（原文）为捷克语 ČERNÁ HODINKA，即“黑色一小时”：黄昏时分的对话。——原注

2 这里亦指弗朗茨·卡夫卡。——原注

（我们更了解疼痛）：

是的：贫穷的 东 西
在你们中间 被 其 照亮
在现象一**布拉格**的**黄昏**一**世界**里
备忘录——标记——和——纪念碑：

世界此刻感受到的——只有疼痛！——

世界一这个一**疼痛**的语言
饱含光：

贫穷的——新的——物性：

是它——无效！
似乎理解：

祭祀品：

祭祀的

1970

第三辑 沟壑之季

(1970—1979)

旷野：隆冬时节

致勒内·夏尔[1]

神之一篝火！——这是干净的旷野
世界一闪而过（不管是标注里程的路碑抑或风抑或磨坊
遥远的圆点:越来越——似乎从这个世界——仿佛在梦中——
渐渐远去：噢，这一切——星火——非世界篝火的
非熊熊燃烧的火焰）
是的——无论如何都找不到踪迹
非全世界光彩夺目的
神之篝火

1970

1 勒内·夏尔（René Char，1907—1988），法国诗人。夏尔生于法国南方沃克吕兹省索尔格河畔的伊尔。他的诗歌形象奇特，很有独创性且形式多样，有时写成紧凑的散文诗，有时采用传统格律。他还创造出用警句来表达的格言诗。

再一次：最终的你

噢你微微晃动的这一切
外表的—灵魂的
用透明的远方！——精致如疼痛的花纹——用刺破的孔：
有时候浮现在我们脑海：

噢你这样停留！——仿佛我的梗概也已碎落——
皱纹里残留淤血（仿佛透明的纸）：

大约我们所有人像清新山泉之锯一样黯淡无光
（它们闪烁疾病之路昭然终结：凉爽而光亮！）：

噢一切还在！——

树枝仿佛都似血红色：

“我”—痛苦“我”—梦和“我”—纪念延缓了外表：
皮肤如此=**一切**——那里——我们生活之地——如此毫无生机——
好像被人揉成一团！皮肤如此——只有这：而它自身
变成如此这般：我觉得：

以及——眼里祭祀伤痛之质！——

世界——这个：再没有一个人！——并只有关生活——
如此艰辛的——好像其中尚存永恒之质：
喫这样的：好像最后的！——

伤痛一动词：

冷冷地说

1970

山里的玫瑰

疼痛从何而来？

欲望不在？——

抑或我们有时明白：

“我”—美丽[1]本身

突然：那 里：

我们依稀记得？——

如死：既与生俱来又无法实现？——

不—存在：

：

而是纯洁的神的—声音：

1 俄语中“Я”（我）和“красота”（美丽）均为阴性。

（无色
无思甚至无地！）：

（好像精神
疼痛也不再包括之地）：

一切越来
越：

“我”一美丽
那可能是
唯一的 存 在？——

好像神之一美丽！——

（可是什么——之于我们？——

是思想
似乎
贫穷：

被包裹
暂时
是彩色之疼：

还有灵魂——也许——之疼）

1970

驻足之颂

致 З. К.

整个——标记的生命！……——

……………………………………——

某些——厮打起来
那个隐藏在我内心的标记
燃烧起来并渴望标记的食物：

（是的：我知道那种食物
你——记得感激）——

但激情的年龄
可能
已然如此条道路
对于我们这些标记的越来越完整性
还有其冷漠的充分性！——

是的它们将：没有争斗
被珍宠的——自由……——

我说——赞美**“你”**：

趁我的思想
要么世界的位置就是
感觉里的映象眼看着变成金黄：

我称之为**驻足一你**：

趁它——好似某种稳定
在大自然的停顿期：

（还有可能是被取代之时！）：

这一切——信息量庞大而鲜活：世界的一封透明信：

你的秘密
在其中——于我——好像歌唱！——

朝霞如此新鲜好像刚刚——来自**神**：

迟到的梦——如整个世界——自由自在：

一切——世界的一次干净的谈话！——

一切——世界的相互自我呼应
声音的洗涤！——

空——无耳语
无问无风！——

只有旷野——好像灵魂之云
穿过你走过沉睡的你
仿佛那些字迹模糊的信笺：

（是的将只有它的辽阔——好像一位朋友的献辞！）：

噢—蔓延开来—就—似乎—永恒！——

这窸窣之声我们听不到：

它在你身上如梦之物溺亡

1971

旷野：雾

给妹妹伊娃

心自沉陷！——忽然——在我面前呈现

雾的世界：

区分——好像幸福与不幸一样简单：

薄 雾 ——只一句“我爱”：

它 碰 到 了 房 上 的 木 头——（“为此恨不能把灵魂交出去！”）：

滋 润 了 收 割 后 的 庄 稼 地——（“我哭成泪人”）：

弥 漫 ——（“我哭了……——仿佛我将整个生命
与亲生的和穿着它自己的一衣衫褴褛的贫穷永别：
永远——永远——手工编织的：
哀声恸哭
以至永远——在此情形”）：

“我哭”——（弥漫着的——依然骨肉亲——和孤独的——是雾）

1971

再次：恐惧返回

致康·博格德廖夫[1]

朋友
我们知道在半夜被叫醒的那一刻
类似
明亮的囚室！——

我们浑身颤抖之地：

好像物性恐惧的表面：

脸色！——已变得好像亲人濒临死亡之地！噢它已如此成熟
我的朋友在我们这！这个——感觉本身：噢当冲到
脸跟前——好像进入**霞光一心灵**——而且意识一爱的圆点
被一劈两半——那么生活一好像——一件物品之外的东西就会出现？——

当人们眼被晃瞎和将要摧毁：

那种一什么一我一**存在的** 至 高 无 尚 之 视 线：

---

1 康·博格德廖夫（Константин Петрович Богатырёв，1925—1976），出生于捷克布拉格，苏联语言学家、诗人、翻译家，德国文学研究学者。

巨大的好像这个最后的国度

明亮的且非转移的

被寒冷如此压迫——相当于气质：

好像这个客体的实质？——

当

让 恐 惧 储 藏 库 的深度

其根源——仿佛能融化思想！——徐徐展开：

点燃我—思想！——

直至耶和华之底

1971

还是：山楂

致瓦·西里维斯特洛夫[1]

噢森林声音—去处！——

又一次
好像某个周年纪念日
它们明亮
和力量之时：

又一次
它们仍在那个大教堂里
那里已没有
损失相对于它们！——

于是这个时刻的外表
在它们之间金光闪闪的
很想脱口喊出：幸福时光！——

在歌唱，山楂之地：

1 瓦·西里维斯特洛夫（Валентин Васильевич Сильвестров，1937— ），出生于乌克兰基辅市，作曲家，乌克兰人民演员。

在歌唱，自古以来一年轻的声音：

好像就是神！
比神还更像：

那个声音跟神谕一样：

“我”一声音联合起来！——

从 森 林 里 歌 唱 的 地 方 组成的大教堂
全都是神在歌唱！——

开始

1971

两棵白桦树

珍贵
心之光
当——没有杂质又轻盈！——

透过那个光就能看见你们多好！——

白桦树（两棵——在孤独的——好像“确认”死者——
高挂着“**托儿所**”招牌的大门后）：

白桦树（好像水
已转身向冰）！——

多想看见你们
用贫穷的本质：

好像用清澈的视线：

噢：简单：看见纯净！——

：

（如此：好像神的发音！——

心的
纯洁
在 延 伸 ）……——

一片澄明中
脸部的
死者的
多想将它保存——哪怕健忘：

类似的
联合的两个词：

“**请救赎和宽恕**……”——

：

这样的
你们的闪耀……——空气中——阳光：

（我的低语——**你明白**……）：

好像——精神之地

1972

很久：太阳

很久
（在很久之中——连续不停又出乎意料）：

在同类的
基于对神的爱和具有相爱精神而结合的水流那边：

（与高尚的祈祷类似：
不说话也没有思想的停顿）：

这股水流后面
长满亭亭玉立的欧洲山杨树：

你——像亲人一般容光焕发！——

新鲜——如汁液——
连在一起的：

（清新——仿佛只是简单的疼痛一般
可能的物质生活微颤：

流着血：看不见的清晰！）：

鲜活！——却并非连续不停的：

唯一地——明亮又真切——好像血！——有回答的：

好像看不见的！——唯一的某个人的身心
每 到 一 处 都波澜不惊的：

思想—太阳！……

1972

你——以鲜花之容

上帝，你——以鲜花之容在那——
被我隐藏的——光芒里
鲜花自身的！……
（噢，多么纯洁、令人震惊！——好像白色的记忆
无比鲜艳的！）
心灵仔细端详：
看——十字一花和仪表盘一花，
花一小教堂和花一大教堂，和——上帝！——
花一“我”一凋谢的——内心（趁着没死）
细看的。
于是——请退后，心灵，在最可怕的，
闪耀的，集合所有的，
闪耀的，仿佛威风八面的
耗尽一切，让自己接受！——
（还有一点儿——和全部的我！）。
请别说漏嘴，心灵：“上帝一花”，
只为死亡无法暴露其中。

1972

城外：寂静

（纪念一位诗人）

致纳·雅·曼德尔施塔姆[1]

惊醒的刹那：

刑讯室—奇迹！……寂静……——

（明亮而古怪：

囚室—瞬间）：

光线—钢

反光—齿轮

白天没走进

我—是—脸……——

（好像那些齿轮曾经覆盖许多冰！）：

没进到

它那堆杂拌儿……——

也没有将搏动的视线—白色

1　纳·雅·曼德尔施塔姆（Надежда Яковлевна Мандельштам，1899—1980），苏联作家、语言学家、传记作家、教师，诗人奥西普·曼德尔施塔姆的妻子。

劈砍碎片：

（好像国家的童年世界——那个收获的白色

用并不存在的童年：

如此宁静好像祖国的童年

辽阔如此完好无损

如此新鲜）……——

：

像原子—祈祷—恐惧的—圆点：

（一粒珍珠如“б”[1]

贴近前额

只为安慰！）：

所到之处—用恐惧的—皮肤：

仿佛被喷成雾状：

存 在 ——好像**创造的**可见性—— 存 在：

1 俄语字母表中第二个字母“б”的形状像一粒珍珠，故译者保留该俄语字母。

唇之寂静……——其颂扬的

当

曾经非常鲜活

好像身体

好像爱情！——

：

（给那些嘴唇以土壤——现在现实的刹那：

花一整夜清洗的

用女儿—妻子的心

在无法熬过的痛苦中：

其中存在——好像**创造的**样子：

嗓音的外形：

“是的

我

躺在

地上”）……——

:

翕 动嘴唇——光润似脂

远胜过目光

（好像某个“在……之前”——在光重现之时！）

始终明亮—我是：

（眼看着—撕碎：“**我——存在！**”）：

在——**切之中**—什么—疼痛

还有——光！……

在刹那间的刑讯室—囚房里

1973

故 乡

（爬到遮阳窗之下）

致 P. 麦克莱恩

每当人们跟我说起**她**或者我
想起她时，——远远地我经常
看见——
这，就是这。
还有，你知道，怎样的喧哗
和 明 亮我会在这里呼应——
亲如兄弟。

1

同样是远方的朋友！——

一生不停
爬上烂草堆
看见皮肤上越来越多的冰
在冻硬的秸秆忽隐忽现——

（深——如梦——那条走廊）：

血液交换

（仿佛

用双手好像在某个密林深处

从身上推开大团的飘浮物）：

登高

爬到遮阳窗之下——

穿过草屑堆——被虫咬坏的—麦秆

敲打——整整一天！——好像嘹亮的狼嗥：

飘到外面——飘到它们自由灵魂看不见的地方！——

还 有 ，飘 到 饥 饿 无 尽 光 芒 里——

——比心灵还强大

飘进灵魂，净化的！……——

突然：所有的闪烁——在孔洞里！同时：

寒冷来袭

庞然大物—寒冷来袭

像碎布条抽打着脸，并往脖子后皮袄的窟窿里灌：

于是变成—豁口—变成风湿痛—光—跟—在—心底—样！——

（人们怎样在家里哭泣！哭泣——好像向整个世界！
愈来愈遥远！……阳光普照—钢铁般坚硬！）

2

将成为一件大事
和命运
走不过去
和没有经历过的
存在—视觉—破坏：

命运——万念俱毁
看得越来越清楚
越来越加快
在河对岸的磨坊上演光的十字架受刑：

（冰冷的遥不可及好像坠落的星星）——

这个已被分裂的
像流星石
光 之 质 量 永远被激发——

废 除 一 切 的 孤 独:

(好像太阳——超越国度):

如此——即天空也将出现:疼痛!——

如此,即安慰不会有
那比贫穷还富有的财富:

(热爱人们的
和谎言—救赎)——

像光—饥饿的穿透力
头脑被啃噬——洗掉痛苦!……

3

曾经——虫蛀:
很长时间
没—注意到!……——

被啃光
夺走和吸收

不仅仅是受打 击 的 质 量——但即使下凡到世上
是天赋的不可或缺本身——

仿佛某种霞光—烧得通红
任何不着痕迹的渗入之崩塌！——

（如何 扯 断 ？“我”现在到底是谁？——

还是活在世上永远都是——无 处 可 逃 ？）——

最后呢——在 那 金 光 闪 闪 之 巅！——

（如此处理——为了——到 处——成为负荷者
是光—凿吧—和—伤口：

别说话——有关故乡的一切都 在 闪 烁 ：

照亮世界！……
寒冷
消逝……）

4

紧接着——尽管如此——闪 耀 ：

已经？——好像在我们身后！已经是在黑暗身后！

（那里人们曾经是 光 ——那里永远
缔造者脸色渐渐变暗
精神食粮的——

从那时起——我们不是
反抗
和权利—感觉之料）……——

虫蛀得越来越多——所有！
心里——好像在根子上：沐浴着光！——
只烧毁一切的速度

5

只在记忆里——不记名的空间
那里狼的恐惧感：光芒——切割灵魂的
仿佛我们的灵魂——那里

……如此被提速以至于灵魂不见……

………………………………………………

（而 那 里 ——后脑勺—开裂
好像人们哭泣——在家里！在被抛弃的：高山：
之国——呼喊着名字！坚硬地—冰冷地哭泣
愈来愈遥远：阳光普照—钢铁般坚硬！……）

1973

你是我的寂静

正说着你
我像冬天郊外晶莹剔透的星星："噢怎么可能
有这样的寂静？……"——
它——也许——像旷野的无声包围我，体贴一明亮
但又不会消失的光在闪烁
我的心荡漾着它的涟漪和听不见的波浪
等我的梦变得清晰起来——仿佛很久——无我——已不眠
在这一年梦见白色
如此仁慈——对世人……——
但曾几何时——可能——将会降低你的完整性和你无可
　动摇的丰沛
好像神赐如此平凡和灿烂
哪怕为了我掉一滴眼泪
当我快死的时候——你倾诉痛苦
不说话——只是用痛苦的反光
取而代之——好像深吸一口气——你会得到干净的一份
和稳定的计量
如此虚空以至于生、死都不缺
仿佛那里灵魂不再可能有
它的安慰暂存……——

但是——我爱我知：为原封不动之神

你的寂静将永驻

1974

森林之地：变体

致 П. С.（呈 喀山特殊精神病院。代函）

噢森林！——教堂——所有的光闪耀得越来越高、越来越宽：

从各种声音：

从森 林 之 地 ！——

闪着金光
如庇护所—珍宝馆：

父系血清之光在闪耀：

神祇—同庆的那种永恒！……——

:

那 里——我的听觉……——

还有——它的孪生子：

在光芒那里我的宠儿十分灵敏：

山楂——歌唱时的沉默者：

好像宗教性、未动用的
森林的、贞洁童年的节拍器！——

它——驻足的
永不残缺的形象：

那里——只 存 在
（不存在——曾 经 ）！……——

：

还有听力——也不孤单！……——

精神—听力
你的
被 隔 绝 的 共同—驻留者：

我仿佛看到
在疼痛—恍然大悟中：

（如何在金子里打好庆典基础！）：

那 里 ——相遇……——

好像难以摆脱的计量
变成可能，在我们的驻 足 之时！……——

：

（噢森林！
能够抵达
金子的、**父系血统**的：

好像思想之清晰！……）——

某个地方它的叮当声
既生动又轻盈！……——

：

（幸福—寂静）

1974

哭泣与我

我走过
一路沿着温暖
自己心灵的尘埃。

（也清楚：曾经
带着它在这里，——

穿过平原的金子一海洋，——

在忧伤和痛苦的尘埃之间。）

同类的含金
黏土脱落，
在我上山之时，

（我两手发抖：它曾像歌声一样生动！），

抽噎着哭泣
一切——在虚空中——回应：

离别无人的茅舍，

还有枯木仿佛遥远的盖毯
盖在身上似乎也会温暖，

无人一参与的
音调和谐令人忧伤——

金子一黏土：无穷无尽地：**金子一黏土**。

1974

白桦喧哗

致 B. 柯尔松斯基

我自己——沙沙作响：
“很可能神……”——

白桦林里的低语：
“死……”——

我们
塌陷——一直在持续进行？——

可为何
不能如此？——

孤独又虚无地让骨灰飘散……——

（白桦的低语……
我们所有人都在人间沙沙作响……）——

再重新
复活？……——

……甚至感不到疼痛：

仿佛永生……——

喧哗——好像如此！……——

………………………………——

（仿佛作别的——秋之喧哗）

1975

旷野：桥：野草

致根・尤马特[1]

哆嗦

显露出

旷野和空旷无人

（是的：再次有一些，是的：村后面）

——有些野草仿佛闪亮的一小脑袋
某个地方闪烁时轻易远去的真实
总会在永远出现的、轻盈的
沉默的孩子们的心上……——

我吹净
以往鲜活金光闪闪的感觉：
噢吹不散！——照得明亮
飘扬之时——好像在屋里一样！——

还有呢：风！仿佛宇宙的自发光！……——

1　根・尤马特（Геннадий Фёдорович Юмарт，1938—2020），尤马特真正的姓氏为特洛费莫夫，俄罗斯楚瓦什作家、文艺翻译家。

如此永不停歇—闪亮的风！……——

一望无边的辽阔

所有一亲身的听力所及

照亮——并晒伤如心灵：

到处炮制

金光闪闪、飞行的碎片

闪闪发光而在血的斑点之中

（在告别的、痛苦的永别

思想的血滴里）——

伸展——随身——亲缘

阳光里——好像在露天感觉得到

自己的疼痛！……——

:

——……森林仍用它簌簌之令聚拢

1975

还有：关于离开的[1]

停下来
——作别的人们——

沉默……——却偶见
树叶落下——

毫无意义的杳无音讯
（很久了吗？）
看得出来……——

没盯着眼睛看……——节日的宴席悄无声息……——

只有灯光
无人照看的……——勉强坚持到最后：

坚持（带着自主的——与众不同的——目标）
面包的 存 在（幸好它熬过来
客体将会出现！……）并排着——少 许 ——

1 诗中“面包的存在”一句中“есмость”一词是“есть”（即存在、是；吃。——译注）一词的旧词。——原注

那些东西——已然沉寂……

1975

噢，还真是：祖国

曾经像林中小草地的国度
世界——好像林中小草地
那里遍地白桦树—鲜花盛开
还有核心—孩子们

那些白桦树—鲜花怎样被这个世界的风吹散

还有玫瑰—雪花
环围呼吸如围着天使—女乞丐
乡村默然的人们！……——还与其明亮—同情
一起
闪耀

（这里——沉默之地
如此冗长
好像它们永恒的生命）

我们称之——许多这样的光芒
每一缕都相连
跃动的光辉

随之受煎熬

（还是那个
在这里的
寂静）

听见—曾经是：纯洁将用唯一的词语说话？

不停
放射光芒：

世界—纯洁

1975

这样的雪

我多想书写一辈子
“纯洁一白色”——
多想表现出像低语像风明亮的安慰——
　　　　　　　　　　　渺小一样美好：

——于自己——这已足够……——

（生命流逝如空
它的贫乏在发光……——

些许的荣光——好像神
验过——不一死的愉悦：

任何一只鸟抑或任何一株野草……）——

这不明摆着——此时：恢复最令人信服的祈祷
　　我低语：“雪”……时间流逝，与世间告别
　　　　（为了没有蜕变就 沉 睡——好像一个白天结束：
　　　　　　　　　　　　如神祇：无任何外力之助）：

可仍一声叹息："雪……"：

……………………………——

（世界——它如此平凡一宏大
甚至死亡——引领我们
主显圣容节[1]到陌生一至高之处
也没有另外的地方……——

我们在其中——好像在自己被雪覆盖着的种子里枯死的
野草……）：

……………………………………………——

（即便如此仍被留存——仿佛永恒之物……）：

……………………………………………——

是的，呼吸一心灵发射出异彩！……（噢，当然——应该——
在可怕的缺 席 之 中
整个一大地纯净和统一一转瞬
神奇般——刹那间……——心灵）

1975

1 主显圣容节，或耶稣显圣容日、仪容显光日，每年俄历8月6日。

窗前的一条柳枝

（为纪念康斯坦丁·博格德廖夫而作）

由于不幸而变得麻木，冰冷的雾
笼罩头顶，只有当人们走过来
告诉我，我最好的朋友被杀死的那一刻
我才能醒来。
——皮埃尔·勒韦尔迪[1]

枝条，枝条
还是那样
整整一个月……——

心 灵 浸 染 一 片 金 光
在窗棂中！……——透过它：

刺入——

（像人们在其稿 本 中 所说）：

1　皮埃尔·勒韦尔迪（Pierre Reverdy，1889—1960），法国著名诗人，超现实主义诗歌的先驱之一，代表作有《散文诗》《椭圆形天窗》等。

一 只 手 套 ——铁制的——为了——熨 平 ！——

开一朵血之花
贬低家庭和心灵
用其孤独中很远都能听到—生活之外的枝条
呐喊—人
无回声——

（仿佛看见整个田野空荡荡缺少—我的—朋友的田野
上帝！如此荒芜
湿如骨头
如此留存）——

（从白天的晴朗
渗透进心灵
永不残缺
带着往上—坚硬永不枯竭的
无声之黑暗）——

……噢，今天阳光灿烂
像囚犯一样孤独和彻底
鲜血—大脑
用窦室的滚动——匆忙中
也是它们 建 成

只有这样的摆脱
才曾有可能
脱离当牛做马的—历史——

（靠这样的碾压才喂养
这个 往 上—客 体）——

……心 灵 洒 满 金 色 的 光 并开始抽搐
活的一颗心
在窗口……——

白天和黑夜纯洁之物
只有风和阳光！——

未—流逝的时间——凝固成 Polo 衫—纯色般
非—生命胜利的无内容纪念碑：

已被吮出的时间
空之前
诅骂没有发生之地——

（朋友——知道朋友沉默开始的一位）——

……黑暗

我

只能摸索——

好像在潮湿的旷野……——

（“朋友”——说出口了……——

朋友

黑暗——

朋友

我

用手摸

低语

用手摸——

我

朋友）

1976

我的朋友——树——探出窗口

关于衰老还有孤独
寒冷顽固的！——
最好——要 来 一 下 全 来！……一 眨 眼 ——就 在
  今 夜 ——来 个 彻 底！
这样的衰老和孤独才行
好像这棵树
普通（甚至看见了也不会引起注意）
无法征服——无人！——不易觉察
冷酷优点和与众不同
还有无参与性（噢神！多么
不 可 想 象 的 ——在 这 里 ——无 参 与）

1976

茉莉花三折画

（一位朋友去世后）

1. 茉莉花——在路上

茉莉花——
好像刀砍一样。

只有脑海的闪电
回应。

2. 诗一画

仔细地涂掉皮大衣上数不清的血渍：

画——人们称之；

“留下的——一个人走了之后”——

（大门的地板上）

3. 花开一正艳

流 血 不 止 的 、人 的 伤 口 ——

它 们 的 花 园

耕 者 —— 耘 者

（大 脑 —— 草 皮

光 芒 —— 祖 国）

1976

大清早的一束茉莉花

采撷一抹朝霞
从小岛
和其八月盛大一节日看得见的氤氲里——

蒸腾的白雾漂浮得越发明亮
向着太阳缓缓而升——如此坚定、牢固
好像他们父亲的祖屋
一旦走进他的阁楼，那里洒满木匠—俄罗斯人的光辉——

仿佛神的仪式正在举行

1976

世界—松树

父亲——如此无法抹去
大脑里与父亲有关的所有都一样——

松树 松树 唱诗班 唱诗班 无声喧哗：

旨在唤醒**世界—大同**
显示出**梦**的宏大
未被预见
关于**自己的梦**之过剩——

这要如何放大？——噢，幸福[1]**—照耀**！——融合之地
世界的前—容颜和形象—你们！——

你们——指涉的根
宏大的，我—人的
如此——在**世界**的枝丫上
认识——要么是**宏大的**一部分
要么弥漫地——在你们的枝头：

---

1 幸福，此处（原文）为拉丁语“Beatitudo”。——原注

生活——这还不够！跑向死亡——
不能添寿！——

你们——前一**词语**尔后就将出现喉结一**词语雷电的光芒**：

噢，整个宇宙之容颜[1]！——

你们**父亲**！**敲响警报的数字**——有关**包罗万象**：

又一个伟大的夜晚
关于**回忆**——关于我们在**世界**逆向的**描述**
现实的死亡一延缓的太阳公转：

音乐一世界的和**喊叫一宇宙的**！——

还有**书籍**那里松树写成松树！……——

神绝对不确定[2]

1976

1 此处（原文）为拉丁语“Facies Totius Universi”。——原注
2 全句（原文）为拉丁语“Deus Absolute Indeterminatum”。——原注

草夹竹桃：和记忆里的——“快乐起来吧”

（为八·一节[1]而作）

难道已经开始
来自客体？——

是的：好像精神之平凡
（儿童的）好像自由—透明的
它的指向性
在自己的安息里：

那里太阳安排—接纳
数不清—倍数（鳞波
儿童的—几乎—是那些：

亲属的——少数的——亲人的：

很容易用幼稚—思维
加以对待）

（教堂的节日

1 俄罗斯将每年的八月一日确定为纪念第一次世界大战阵亡者节。

讲述六翼天使[1]

同时也是我们最虔诚之节）

是的：始自

那里

发乎

风的洁净透明：

哆嗦一下：星的：反复地（出生胎记

温润一闪烁）：

（每个人——仿佛心灵之间

有的心灵——不算数）——

新鲜里

在风中！……——

震颤：

（用心灵感知

在自已业已生疏的心中）：

---

1 六翼天使，《圣经·旧约》中的人物，神的使者中最高位者，天使之首炽天使；六翼天使有六个翅膀，用两个翅膀遮脸，两个翅膀遮脚，两个翅膀飞翔，发出如狮吼声，并发出红色电光划过长空，形如长蛇。

呼吸—柔情！——

（儿童没有痛苦的心——好像歌中唱到：

战栗—嘉奖：

在弥漫的光线里：四周—在—光—呼唤之中）

客体？——越来越多——好像停顿：

那里新鲜—生产——风！用
世界的圣诗！——

其间
跟它的反复吟唱一起——

呈现（似鲜红斑点颜色—回答
　　　　　　在母亲的宁静里）

呈现
排成——排—安排：

（亮斑—和—幼儿—和—容颜

鲜活—和—光泽！——

来自世界的脆弱
如元初）——

带着公然的许可通行
看得见，直到呵—简单之前！——

每个人
颤巍巍—每个人
（好像心灵之间有的心灵——不算数）——

本源般
永世不停——

辉煌的光芒永照

1977

归来：松树

够了——这一切。（在——又一次：驻足
打开——好像大地。）

好像喊一百次父亲——在看不见之地：
梦的一感知。
（如此——叫之前——将会时隐时现，人一最亲的：
成为“我”一家——爱。）

代之以“我活过”——感激：穷人的宝库：
在其吹拂之下（如视觉）。

同样——还有听力。

嗓音一可能性的、明确的稳定——还是
那样喊一百次父亲！——庇护——简单：在被分开
无法搅浑的沉默里。

痛苦也经历过——好像身体一和一大脑一父辈。

其中，我也在时，曾经最好的一次共同参与；是的离开者——好像看见：被灵魂！——

被储蓄一闪耀的元初之原封不动所呼喊之人。

显而易见——相当于它的闪烁。

1977

你一白天

特别抵达心之雨燕的人
像风——幸福携带者一样轻盈：

（所到之处你自己曾经非常像！）——

闪耀一祈祷为你
一边告别
白天
高高在上！——

雨燕那里——叽叽喳喳地喊（如幼童一之心）：

彻彻底底一高不可攀！——

可其中还有坦诚——这里
仿佛
光照过来！——

还听见——隐约地一无声…——
（在你心——如喊声般——敏锐）

1977

草夹竹桃：无风天气

风就这样停歇

好像此刻的光

其中——你们的宁静

和观察着这一切的你们——因那种洁白停住脚步

在白天的阳光下变得轻盈至极

（简单在你们的身后——什么都不必说

好像：它——自己）

光留意着

非一隐匿一非一敞开

好像——一群圣人中，心安静

仿佛家中婴儿的童真

（那种眼睛里的纯洁

它一至一纯）

1977

还有：给花楸果腾个地方

森林——点点红成了一片——心灵虚空之庙堂。

（好像没有小鸟：没有灵魂。**没有**—言语也没有—声音。）

还有——走进之时：一切——只是相似之物：
帕拉斯克瓦[1]**—星期五—花楸果**。

1977

1 帕拉斯克瓦（Параскева），即“星期五”。斯拉夫东正教传统中的民间神话形象，将星期五作为一周的一天进行拟人化，并表达对圣帕拉斯基瓦的形象崇拜。她主要在纺织、缝纫、生育、婚姻、田间劳作等方面对女性护佑。帕拉斯克瓦崇拜在今天的白俄罗斯民间尤其盛行。

太阳：白桦树

致 B. B.

白桦林里，太阳
游戏——好像孩子们过家家：

你——心沉梦乡！——

噢，请忘却：让它走得再多些——自己走：

消失再显现！——

（一会儿是太阳返回
一会儿突然又冒出来——好像游戏：

怡然自得的——生活：

原来——逝去的……）——

激动—快乐
这个世界的——

好像明媚的、和平之家的……——

（生活就为了明白什么是生活——简单
得像这样：只是——低语……——

还为了接着变成——感激—缄默……——

……噢，寂静如
太阳般的
白桦树！……）——

我们说这些还因为还有一些——未能一下完的棋：

（仿佛白天被划掉
在白桦树林里）：

如普通的一场同情游戏——尽管好像：
　　　　　　不遇无论看起来本应该跟谁……——

（若遇见——亦为时已晚）

1977

松树：告别

时辰到，其实简单（太阳——简单）。

此种——告别（好像眼睛的——同样容得下眼睛—心灵：太阳）。

你们——不仅仅轰鸣—庄严。你们，与太阳一起，和谐相处——在世界后面简单闪耀：

爱情
（非我们的）——

这——不是

（熠熠生辉）：

死亡——

（如此简单，以至于：无）。

1977

故乡—分度盘

致 Н. Б.

1

无辜祭品越多的地方（早已多如幻影），有你自己在的地方——供品（姑且—活着），——那里：故乡（**只有**它——故乡）：爱情和勇于—奉献—怜悯和你自己即牺牲品—在它们—中间。**只有它**：故乡。**并且**只有对它的如此眷恋。**而**那种、如此眷恋——难以割舍。

2

你可以拒绝空旷。**拒绝**阴影—幻象。**还**拒绝——生命。**于是**你会发现——最后的事物，那里你会重新找到被你废止的那一切，——那个故乡——语言。

已被埋葬——在那个故乡，带着希冀：在其中——存在：在留存的余晖中（尽管只有**分度盘—语言**，你认出了上面的指针，同时瞥一眼它们的暮色——**闪烁**）。

再没有——其他。**被埋葬**——在**它里面**。**怀揣**希望。**甚至**——没有希望。

1977

步行—告别

草莓枯萎了

无人的森林晚祷停歇
可还有一轮如此这般瞪大眼的聪明的太阳

如此这般幸存

1977

很久：白桦树

（为 10 月 8 日节日[1]而作）

1

长久静止里纯粹运动——“落叶”概念的奇迹。

2

在这个静谧里：愈发清晰——跟以往一样：心灵——好像世界上听不见的“**谢尔基**[2]”：亲切和在场——好像无论在哪里无论去何处都被保留的：

越发明亮和没有替代：

1　每年 10 月 8 日为俄罗斯教堂节，以纪念神父谢尔基·拉多涅茨基。——原注

2　谢尔基，即谢尔基·拉多涅茨基（Сергий Радонедский，1314 或 1322—1392），男修道院院长，创造了无数令人称奇的奇迹；同时他建造了著名的教堂建筑，即圣三一修道院（特别是蓝色钟楼）。现在属于莫斯科金环内著名旅游景点。

3

在那个静谧里：早已有：

愈发清晰：跟以往一样：心灵

1978

现在永远只有雪

致 Н. Б.

像雪神一样存在
有什么必有雪
当心自在

雪心灵和光
一切只是在说
那些像死亡原本的东西
就是它们本来的样子

承认本真，那么
在光之中也有黑暗
当又是雪
噢—还是—雪之—神
像可能之本

可其实没有
像尸首有即无

噢有蜡像—国度
问题没有还是有

当人民当成动词
它意即无

有是什么
到底跟这个有何干
容颜这样的**蜡像**
仿佛只要有
国度**黑暗**—和—**容颜**

时代—尸首—如此

一种有其本
当它们突然消失
——噢还是雪之**神**！——
没有它们似还有一个
那只是**死亡**—**国度**

有如此好似有即无
只有这个
可有只剩下有了
有旋风像 奇迹般刹那间
无死亡—**国度**
噢还是雪之**神**
心灵雪和光

噢还是雪之神

哪怕有即它们无
雪我的朋友雪
心灵和光和雪

噢还是雪之神

本在雪即在

1978

风欲起

来之，安之……

——致 Я. С.

1

这是它的东西，在东西里面如此温暖
温暖——它的脚步
离开它的家这个世界温暖
来自它的温暖
它的树木很好野草惬意
好像一起合二为一地闪耀
（好像我的幸福在闪烁：就是这样的一种轻轻吹拂
在好像自己里的东西之间）

2

我似落在面粉里可又如此快活[1]

---

1 俄语里“面粉”（муќа）和“痛苦”（мýка）只是重音位置不同。这里作者故意使用“面粉”来跟本句的“快活”组合在一起，形成一种别样的“互文通感”，但译成中文后，这种词语形式上的“通感”无法译出。

凉爽之中奇特一舒服
我在这个世界上被前襟隐匿
在轻松的等待中
我的这份幸福好像就在这里火炉的风门之后
还有村庄后面的暴风雪
我不知道还有其他（噢神圣一人民的
仿佛人民妈妈）

3

可现在时辰真到了（别的我不知道）
劈柴之间的暴风雪犹如心灵
脚步尤其温暖难道它缺乏吗
任何一张脸仿佛风欲将其藏匿
苦难之光永远四周遍布
建立那个国度给世界
（一如往日——好像沙沙声！而它的客体
在那个心灵中亦无其立锥之地的地方）

1978

告别之时

祖国还是那个祖国[1]……

……大地，那些干草垛之间，——

尸横遍野。

——塔·博洛夫斯基[2]

这个国家你也是在国家中才了解到

一个尸骨的制造者

（有时，在它们中间——那个世界和人类

就是那个——你在那里的某个地方

被计算在内：最后就是加上 1）

——这算什么事儿，可：我要说

是的：罂粟月我开口说而玫瑰

只为了——这么说吧——让它变得更温柔

（**莫斯科**——陡峭的光

来自整个—大地—沟壑）

---

1 原文“祖国”一词为英文“Fatherland”之俄语字母音译词。

2 塔·博洛夫斯基（Tadeusz Borowski，1922—1951），波兰诗人、小说家。二战德国集中营幸存者。

莫斯科——你看整个
步态都在重复："在成堆的"
罂粟花之间

——我在"铁 拳 头"血液里熔炼
现在
我呆滞地说
切割——冶炼——这个重要的词语
变成祖国的语言：

燃烧（我呆板地说）
在我忧伤的——罂粟花之间的——盲目中

（我要说：曾经的心
它——湿漉漉
脱离它们的物性：现在像这样逆向的一股水流
迎面洒向它们：
只熟悉知道的那些
藕断——丝还相连）

你在那里——你们原本——还是挤在一起
（好像"玫瑰"这个只出现在金光闪闪的诗歌之中：
习惯于被人羡慕）

在树木之上和树木之下（树木之间）
为了争取平等
为了烟：

怎样的平等和目标好像土地
结实的统一——几乎跟一栋建筑物一样
（当寂静也变成好像）
国家一和一人类的腐烂物

它们之中——还有 1——它们之中（你在
那里意义更多：在平等的密度里
一切都会熔合：
衣服的一片碎片——最珍贵的
尸骸——都用它冶炼）

——现在我没啥好跟你说的

什么——讲讲我们？（既然我说点什么
走在玫瑰花丛之间
忍受来自大地的心绞痛）

什么——歌谣一共和国？当
国家靠**沉默**一国家一自己的一尸横遍野

……………………………………

（活人的外省，很久以前）

1978

还有：最后的囚室

致瓦·沙拉莫夫

……塑成大理石雕像。

——卡·诺尔维德[1]

现在——这是核心

残疾人疗养院的小房间

带着一个没用的床头小柜（里面并未放

您的卡 雷 姆[2]专著）

您歌颂的——业已凝固

大理石之上 葡 萄 树 ——永远—带着血—和—冻得僵硬

（其 间 已经——塑 成 大 理 石 雕 像 ）

斗室里的嘶吼声

仿佛思想（雪地里爬行者的影子时隐时现）

这—— 最 后 的 囚 室

1979

1 卡·诺尔维德（Cyprian Kamil Norwid，1821—1883），波兰诗人、戏剧家、小说家、画家。

2 地名，本指俄罗斯马加丹州所属的卡雷姆边疆区，这里特指沙拉莫夫所著的卡雷姆劳改营系列小说。

结束：草夹竹桃

致彼得·弗朗西[1]

当自己贫乏的心灵已被摈弃
我踟蹰街头而旁边是一圣餐
脑袋低垂发蔫——
如此：你们的洁白——靠圣徒的祭祷
我亦无法睁开眼睛
（为不曾有过：说是的：只有现在看得见）
等不到泪水（只有可怜的激动）
好像这样的
（只有一抔）
国家的
好像贫寒—出身的兄弟情谊，遗赠的
被藏匿—战栗着的
美丽的

1979

1　彼得·弗朗西（Peter France，1935—　），英国语文学家、翻译家，爱丁堡大学荣誉教授。艾基诗歌的英译者之一。

在可有可无的黄昏里

好像我们活在神的心里
一个农民的脑袋
只需为自己干一点儿活
我们清楚：是怎样的茅塞顿开
仿佛双手摸索着
于是一些东西
在梦里搬来挪去
（许多如此不可思议的事情总这样发生
奇怪得好像
某种
别的）
但其实真得起身做点什么才对——好比：这终究
还是无法避免：
好像哆嗦着
这种时隐—时现—静止的一致性：事情常常都是这样——
无人管理状态—闪烁—和—视而不见—明察秋毫
避开脆弱—感情
鲜活——如血——心腹
多于白天的光
我们的照度“活下去—倒—还是—需要的”

在某种意义不明的温暖里
（这事又算个什么？）
遭遇

1979

第四辑　旷野—俄罗斯

(1979—1982)

(组诗)

组诗一

旷野—俄罗斯

致 С. Б.

现在我祝福你!
(幸福—默不作声地祈祷)
走进旷野而心沉默("噢神"我们说
用全一心:山谷里
白色—耀眼
自在
在
完美周围)噢这是怎样的风
甚至光芒也屏住呼吸!
火焰
不曾变节
吹散
显性之物
万物
消遁:噢好似
那里
已非常久远
成为陌生的——那个人微笑:
"最纯洁的——你"

1980

旷野：可随后——毁灭的庙宇

这可非常久远
其他
均无可能——感谢上帝！——

仿佛
某 一 种 幸福
（这个
恐怕
客体存在）
疼痛（特别是“纯粹的”）像可能得的病已开始：

噢在易见成效
（“直至流泪”）
之地步！——

在寂静中（仿佛你的精神游离
无法理解——可很安静
尽管不理解）——噢在这里！——

在就是这样的光芒中：

白桦树

泛着银灰

（那

好像

就在这里重要的事情正在发生）——

它吹拂——你会说—你—做不到——噢吹拂着

像风一样吹向四周！——

（轻风里

尤其

仿佛奇迹般圆形—山丘的顶部）——

阴影

似平静的

“某种东西的”传闻

散发自己的充实

（好像心灵）

保存得

（既—像馈赠—又—像无法僭越）——

让旷野更引人注目

1980

依旧——柳树

（悼母亲）

突然
明白我一直怀念你的心灵
在远处的雾中眼看
岛屿现在升高泛着银光树冠依次跌落
柳树密林
静静的
（似某种
“彼岸的”）
某种“此岸的”
（“庄严”？“芳香”
“未能说出的纯洁”的亲爱的心灵？）
我应该记得（甚至远处代之以容颜，我
好像靠意念竭力忍住
最最寂静的崩塌——唯有温情此刻滚滚而来）
况且
这只是来自记忆之中的“某种”一闪而过
假如行程
仿佛“非本地的”美景的
那个少年不断涌现
那里“永恒的”——好似孤苦伶仃

（看不见的——等到我们）

1980

还有：活的旷野

旷野——好像“有点什么”好像“圣颜”？
可如果直接——相对于我们？
好像“我们无”——只是目光或者做事无法注意力集中
如同我们——好像预见：
国家——如梦：熠熠生辉！
我们睡着我们醒来（好像我们忽隐忽现）：
无论针对哪一个清晨我们！
燃烧的光无意义地空
（只有剩余的反射光杳无音讯——仿佛在
　　　　我们之间——毫无瓜葛：闪烁！——神父的心）
“相遇”“分离”——漫无目的明亮—空无
好像徘徊不止的（在白天的阳光里——好像在无边的黑暗中）
梦——既像一块块旷野又像一堆堆沉思
尖利——死寂——崭露头角的！——没有觉醒
在梦—原来—国度里！
在老年人般—童年（向后翻转）的 精 神 错 乱 中

1980

晚熟的榛子

哦——榛子？你的榛子
斑点
生锈后的
我将是吗——我能想象吗？——一点
（当“现状”
因此
潮湿）
孤立无靠的风！好像一个信号——无人知！——真有你的
　榛子！
某个地方——好似只在见不到人的地方——偶尔归类
（将我）
无处可归
仿佛在小树林的雾里
“小农意识”暗淡的痕迹
暗淡
某种“生活”如剩余物
在风中
在雨里
无人知

1980

走近向日葵

我容光焕发——可在家里
我忘记所有
再一次——我带着兄弟
只给我——阳光（不知道详细的事物）
再一次——微笑
很久按照—自我—接受
表露感激
从周围—闪烁—神父
但我只记得一件事：仿佛阳光闪耀
在叮当作响的镜框—取景里
温柔—祭祀力量所飘散的叮当声：
如此包罗万象——好像世界——所到之处
于我——亦如子——低声耳语！——
用这个，你们——最温柔的女士（天使——大地之内——珍贵的）
——光芒的实质！——这个—自己
给我们——已被分开—弟兄—在—祖国之中
遮盖—墙照得如此明亮！……眼泪的金光反射：
利用空气—整个—国家—思念
我们寻找——潮流奔涌：

生命在减少：两肩上扬！
（仿佛我整个人一都在闪光
晒干——所有的智慧！——大地之上
轻轻转对方向——闪烁：
在熠熠生辉的屋内
晚熟的向日葵）

1980

旷野—俄罗斯：告别

很快连这个亦已无人不知。

——Д.Р.

爱祖国——我没被看见
突然只顾了说话
比国家更多复活的
是潮湿的——恍惚中：心灵的哭泣——

胸前露水弥漫：好像过去——时空
那里三位一体之论据团团升起——

（好像这些
升起的
星星
你承受得住：一如你经受露水洗礼——梦一般！）——

说话说到深夜（一直说到没了话——无语）：

无依无靠——只有：雾气——好像掌窝！——

是光—眸—片片—歌唱—橡树林
让太阳哭泣（因为——无情）——

旷野——是——不管它是谁——自由的

1980

组诗二

森林中走出来的一条路

我在大地上的家中
我什么也不需要
需要的话也只是一点点：
切肤之痛！——

（我忽然明白：只要人数众多
耕耘一赠予——由此一及彼
痛苦之炽：请单独为它们把火烧旺吧
痛苦似礼赠——一家人：

以此成为我们——邻居亦为兄弟！——

鲜明
如彼
谓之人民——

好像你的血
手
和心胸
不会置之不理，活着一使其越来越精神：

迸发—和—同仇敌忾在闪闪发亮—渐行渐远
微不足道——苦难生伟大！
你惹恼你弥补修饰
节日—欢唱！——

甚至于蒙羞受辱
仿佛面包施舍而来——

甚至于号啕大哭
亦被剥夺
似乎
和谐
仍在呐喊声中
被保留！——

如此——心撕裂
如此——还不让凋谢）——

——兄弟不会来：这里是别人的庆祝会
魔鬼们能挥霍的也只有苦闷
为了去实现（上帝）
杀戮——可自己
很可能——成为撒旦！——

我曾这样想过（如诺尔维德所说
最后：我好像记得：
“跟我走”[1]）
我曾这样想过——从森林中跋涉出来
愈发轻盈
（轻盈过野草的幸福）——

突然我看到：金子在燃烧
穿过年轻的橡树林
麦田—旷野——还有教堂：

（然后
是给留白的
地方）：

不为什么什么也都没有！
不知道自己的痛苦
风——要知道它可是必须！
在金子的炽热里我的弟兄
没有邻居没有儿童
怎样在为自己—“永别”而燃烧
以至于念想已无

1981

1　此处（原文）为拉丁语“Vade-mecum”。——原注

柳树（音乐记忆）

致 B. C.

在持续很久的雾霭—视线里

明亮的聋

疼痛如此清晰，如此遥不可及

我神圣的职责——无价之宝

记忆：无心歌唱——自身的美丽：

“舒伯特”好像摇篮曲的“妈妈”！

（“天啊”你不要说——关于上帝的心

已有事情发生：同样的号啕

痛哭没出现！很久以前的昏昏欲睡

在如此—非—我的—美好之中

纯粹的呻吟—之巅丧失

昏沉沉的我—脸倦容）

1981

旷野和安娜[1]

在最后的

（一如它持续很久仍在延伸之中）

明亮的——对于少部分人来看——火焰—好像—在—血中—

已完全被烧变形

（变成梁赞边疆区的样子）

最后的

在燃烧

（我时常看见

劳作之铁

和脊背

仿佛在被围的

麻秆碎屑中

呼喊

好似另一种语言）

激情燃烧

最后的

老早—之人

（但已经

1 赠斯摩棱斯克州集体农庄女社员安娜·库列绍瓦。——原注

我的视力

不会失明）：

什么以及跟谁——这是核心—命运？——星球的光辉在减少

相比脖颈上脸颊上燃烧殆尽的痛苦——按照以后

任何火焰的暗淡程度！而梁赞

古老的

旷野呢？却已死去

旷野

那现在到底在哪里

永生难忘的**安娜**

亲爱的**阿列克谢耶芙娜**[1]

在哪里——所有的激情—你的沉默？——也许远近闻名的

非—太阳的光芒——白色更多的俄罗斯的雪堆

被火燎焦后仍在腐烂

远离在这个旷野谁都不需要的人

你古老的低语？……——这样的美景

我们不会抖露！——有过惊奇——只是火焰—死亡

沉默无语——四周—仿佛—旷野

熊熊燃烧的恐惧！……——还有死寂

熟透——火的！……——于是巨大的忘却连接起来封存合拢：

1　安娜·阿列克谢耶芙娜（Анна Алексеевна Орлова-Чесменская，1785—1848），俄国著名国务活动家阿列克谢·奥尔洛夫伯爵（1737—1808）唯一的女儿，叶卡捷琳娜二世的宫廷侍从官、密友和财产继承人。一生未婚，倾心于精神生活，被视为俄国圣僧佛姬（Архимандрит Фотий，1792—1838）的精神女儿。晚年进入诺夫哥罗德的尤里耶夫修道院直到去世，而她将继承而来的财产均用于佛姬管理的这家修道院。

没有一丝风一刮起——空荡荡

旷野——旷野的

1981

蹒跚的八月

白天过得
仿佛纤细的树叶
大地宝贵的尘埃
在雨的世界里（或者雨的天空中）
我们胡乱地被分群若干
没晒黑也没晒伤——在神的
大洋之上——好像在白色—无边的龙骨之上……——应该说：
这寂静又困难
活着一聊以度日眼睛都不用抬
为了把灯点亮——用某种燃料
神那里（我得允许自己持有这种肤浅的认知）
淋透——常常靠着它个人的
吸引力——向下

1981

悬钩子丛[1]中的妈妈

她去采摘
马林浆果啦！为了记住（还有哭）你
还为了过一天过某个四分之一世纪
好像天使一样新鲜（那一个也一样：挪动
完全没有）
她做到了一切！早已听见河对岸的喊声
好像朋友间的嬉戏！现在被世界力量—风又遣返回来
我悲伤——阴影一样：不仅如此
雾轻薄：难道光芒闪耀
我认识少女，朋友？（我担心你
好像你的生日之光！）
精神——为了：哭泣！——这是林中草地的太阳！雾——弥漫
还用森林的微澜将其磨薄！
同时知道——我们不知道复明：
神清楚吗——在一起是否会更好
没弄清楚？还只不过
是——好像光芒—朋友一样流淌
还有红浆果

1　悬钩子丛，生长马林浆果的地方或灌木丛。

早已如落日般自动

掉下——鲜红？

1981

旷野—终结

（无人之国）

在自然界——远 离 的（可你听“有个什么”在喃喃低语——是遥不可及的“光芒”：暂时留不下来的）——我们—我—或者—似乎（也没“别人”）：被 拒 绝 的——我们。

自拒绝—和—再多一点（走开——到天空—无—脑——可光芒干瘪了！——庆祝活动开始：在根部—好像—在—十字架上！——曾经有过——好像在天上：在国家—烤干——太阳晒好似风吹干一样！——我们“一秒钟”也不记得）。

于是——魔幻的海市蜃楼——伪—高度！——“这里—和—那里”这些暂时都在：这在某处时隐时现（没有籽实—中心——没有客体——扎根）和摇晃——分散地！——成为被照得透亮—好像—哨声穿过一样的落 败 之 流。

可“天空”—来自—事物？——带着空之底：好像缺席——词语类似物。

存在——唯有血（好像伪—兄弟们的走动）。

走出年轮——回应—精神—仿—佛—为了“永恒”（姑且这样说）——跌出——跌入：世界的一去不复返！——不会再返老还童：只成为——那一位——父亲。

还有：无（机械—黏糊糊地匍匐到）——人民。垂死者将补充（非求理解）：“正是父亲”。（不久就将变成小写字母——好像根—所见：为一大群。）

旷野——寡言少语好像“你”相对应的——旷野（好像一本书）——人群中：无人（被照亮的—眼眸——称呼—好像—朋友——和第二个太阳！——不再自我膨胀！……——已经——好像露水——我们不会记得）。

可——说 话 的 人 呢 ？

（是的，这 也 一样——从 那 个 地 方 ：什么也未发生，——既如此只说明一点：消 失 。）

1981

以及：舒伯特

痛苦
因你
出现：有些地方露出一丝光亮
在年轻的橡树林！好似你的心灵嘹亮地
本可响起那种湛蓝！
是“音乐”，人们告诉我
我真切听见——当尚未响起：
我曾经的寂静！
稍晚我才知道——它的身后
是如此的忧伤愈来愈清晰：
好像——作为回应——痛苦
得到澄清：我们的上帝！——我们
忧伤中请求的——对于我们
在自己的痛苦中慢慢平息

1981

走向牲畜群的人 A.——穿过旷野[1]

背后

远远地

遍布

阴影——那些裂口——还很新鲜：

——带着非常明显—潮湿的白色！——

左边——不是雨而是罕见的疏漏

貌似雨留在某处的云——

（还有环视世界的湖泊

它：已经不再波涛汹涌

其结果：成功撑到底：

明白：这是必要和正确的

既然——无人可以）——

——越过旷野？时常——跨过生命：经历一生！——

1　赠莫斯科州国营农场放牧人阿列克谢·卡尔布宁。——原注（标题中 A 即指其名阿列克谢首个俄语字母 A。——译注）

（可时常：

可惜

冒出来一个小男孩仿佛将芦苇秆儿：

朝着世界能吹响？

记不得——

是的：结果呢：唱歌—好像—磨刀之缺席

曾经也是需要

不知为何还是发生了：

这个损失瓜熟蒂落：低语声

好像某种东西—好似—部分—衣物—样

被风带走：

导致

这夙愿已实现：

好像人们恳求：

没错）——

在目光之湖只有一种运动（尽管也记不清楚）

这有可能

（要知道一切皆有可能）

是一种怎样的遥远的蓝

风——妹妹！……——

在右边——亘古不变的故事：干草垛

1981

还有一首写给自己的歌

我睡着了这是在哪里
早已没有国家这个我所在的地方
安慰——某处劈柴堆的雪下面
暴风雪自那时起
包括我都已不再需要
现在友情——如结冰的河汊
整棵树上的血—我的—梦都在融化：
似乎唱歌入了迷！它的阴影摇曳
好像空中的痛
柱子—在—这个—世界上—或者—格努什金[1]式的忧伤中
无用之歌踉踉跄跄
旷野上暴风雪中以及琐碎—实质之间
迎着被砍开的头
朝世界放声高歌！——为上帝
跋涉
在劈柴的雪
之下

1982

1　格努什金（Петр Борисович Ганнушкин，1875—1933），苏联精神病学家，最早的精神疾病（人格障碍）理论奠定者之一。

组诗三

以及：那些瞬间—在—白桦林

脸部

下垂

令人印象深刻

是拉拽的那一部分

好像容易轻信身边的亲戚——崇尚潮湿的沉重之物

白桦树（仿佛大脑）之明亮

部分

揳入进去

以至于大量的—湿度

在那里以及从此以往

在眼泪里跟骨头里跟钟爱之物一样

揳入到白色的—神！到呻吟的无底洞

流着血某种晴天霹雳般

坠落！——奉献出自己以求超越（这潮湿的部分

哭泣——仿佛质地坚硬的矸石场）

扑通一声磕一个——碰到什么—算什么的—碎石

响头

1982

告别神殿

我还能记得什么？——

现在——只有窗户越来越空洞
（一切更甚——风不是风
光不是光）：

好像它们——就 是 组 装 师
哪怕组装 那 些 与这被抛弃空间
已毫无关联的东西！——

可沉默带着警告步入：

会同一统一的——旷野一国（一切越来越完整的——
心灵空虚）：

：

好像 唯 一 的 **神殿**

1982

梦一在一旗里

到了

堆

草垛的时候！——可你？

仿佛我仍在让我一目之所及继续延伸：

一切犹如草垛之上

手里的、白色连衣裙的、痛苦的活计：

幻景一你——好像一面旗帜！

我发烧一和一我梦见，你自己也是

抓举整个一你一舒展的纯粹

让那金色的风有些惊慌

越来越多昔日少年一红彤彤！

其中——原封未动的爱之舞动

变化、闪烁

翱翔——在天边

1982

那一棵古老的榛子树

致 Ф. Л.

寒冷
还是寒冷的明亮？
只为有个地方——在寂静里
更明亮：“一颗心灵？”——已清凉！
而——在风中：小孩子！
还是那样：潮湿的双手
仿佛伸向亲爱的脖子：
看——只是在少得可怜的战栗中得到
无风天气——好像绝对一冰的！
只带着寒冷的反光
折返面对自己的思索（仿佛某种
意义已落空）和缄默的衣裳
好像掉落毫无意义返回
移动的坦克：
关于那个——还是发生了：告诉谁
我们要？——既然早已
任何地方——我
只会——好似因缺席之故！
（在此刻
没关联：

因人的“感觉”—冰的
还有噢妈妈—手抚摸着的）

1982

孤独的向日葵

符·索科尔[1]

噢，谨慎的摇摆不定！
（我最好
眼皮都不眨）——

像“小孩子—我”一样环抱自我
用开心的微薄余粮
博弈——成为——博弈本身：

——噢，你是诗—我的！
（更温柔的话
没跟我说）——

（这里：
我说：在这里：
鞭打：看得明显：
秘密：
金色的：

1　符·索科尔（Владимир Петрович Сокол，1927—1990），苏联画家。

这里对于我：甚至不必喃喃低语）——

噢但愿：
是什么：
就看怎样结束！
（但谦逊：
仿佛泪流！）：

——恳请：
援引：
之词——于其一本身：

暂住——不必费口舌：

你一四周——观内心：

噢完美！——去实现

1982

梦——带着那些古老的面孔

还有雪
盛开甚至玫瑰
很长的一个夏天都在搜寻
我心底的邂遇白色的岛屿盛开
还有泉水
天啊如此甘甜！——仿佛它们在世界的源头
心知道——还尝到
被禁的某种圣餐味道！好像在古老的形象
无法抑制住自己！所有：折返之时：似乎为昭示
祭祀的！……——雪的以及玫瑰的
极度完美无瑕（甚至于无法领取
爱的圣餐：仿佛最后
教堂唱诵之时
却没有歌声！）——

……“生活”人们说了一辈子提了一辈子！那之后——别的人在低语……——

可我
在雪地里一如在一执念一雪之中

看见——按其他方式说谵语之人：在闪耀
（尽管因为疼痛的
残余物中）：

只好！——押解般—好像—标记—痛苦：

（已
无遮掩
苦难）：

玫瑰！——在—血中—在—雪地里—还有—直到—窒息—
你们—玫瑰

1982

三份用于结尾的笔记

1

泪水
已无法滋养所谓的—“肉体”
并更新以纯粹
还包括那些很久以前
被耽搁太久的人们：没能
形成——照亮！假如我们是幻影
那么——已成微弱的乘积
伪—隶属于光—只是—空—白日
在无一人国度！——少量的
还有吗——关于任何东西的——悲伤？——哪怕
只一滴！……——这一滴
甚至你都无法标记位置
那唯有不在场被照耀之地！——这唯一
“于纯洁之人一切纯洁”[1]

1 “全部纯洁才是纯洁的”（“于纯洁之人一切纯洁”），参见《福音书》斯拉夫语译本中第1章第1.15条。——原注

2

“可泪水——它们用它改变人类面孔外表的样子”。[1]

3

每个
单独区隔的—每个——于火焰之中！
这么多火：空—无——物
（连幻景之欲亦被掏空
又重新
在天穹之上认出一张面孔甚至更亲近
相比并排—邻居的—面孔）
每一个（最好——无人）——在空无与死亡
火焰之中为其点燃（火不熄灭）——
无法看见
任何人的脸
（即使是一棵小草的—容颜）
和一根劈柴的—（噢—低语声！）—面孔

1982

1 该诗句出自伊格纳季·博里扬恰宁诺夫主教文集《慈义》（*СПб.*, 1903）。——原注

第五辑 愈来愈深地陷入雪

(1981—2003)

除了暴风雪还有什么

1

好，空白，我与你一起生活
得感激听觉
我因为贫穷停止喊你
暴风雪降临之时我们将至臻纯洁
以至于完美得忘记我们是谁

2

可现在轮不到我说
什么原因为了什么和给谁
好，空白，只是鬓角有血
仿佛这是给天空预备的练习本
但现在你将拿我当擦拭纸

3

好，跟暴风雪打交道跟我们一样
仿佛一棵树也曾是爱情
心灵同意，到了毫无意义的时候
…………………………………………
这不，痛苦得跟你说说

4

还是请结束要跟我说的那些
不仅如此，单纯只为
悲伤无声仿佛树枝的灾祸
我可知道很快再来一个
劳驾请再赏光一点

1981

年中第一道彩虹

轻薄的雾气：
蓝绿色？金色？
已很久了吗？——晴朗残酷的
（白色的——祭品？分娩——蓝色的？）
不慌不忙的风之类似物：
仿佛呼吸——与雪青色融为一体？
（在 这 里 沉 睡 去
亦难达到鲜红）

1982

黑麦：那里：黑麦

似乎收完了！——不要在雾天收割！……——

这时
仿佛“我在这里”
盯着我看，充满信赖：

是——精神！——

古怪的
这些
（黑夜的）
陷落—坍塌：

仿佛
或风
或侘寂：

抑或
钟表
或走

或停！……——

：

……心变老！……久远的光闪烁
记忆里
如此浮现——

客 体 也许是最后的：

（某种潮湿：
腐烂或没腐烂
或者：阴影或无阴影）——

客 体 ——滑过去的
用奇特的呼吸：

到旷野—— 看 柳 ——扫墓
那里——一块宽阔的低地：

在黑麦多籽粒般的
战栗中——姊妹般的！……——成为难言之苦的湿度
远处不安的——不许离开：

某个——无皮——贞洁

1982

童年的一次做客

致 Л. П.

这“哎呀”顺墙面走！

这四周

（我醒来：

心——如脸）——

经度之线正在酝酿

（好像曾昏厥过的

某处的荒野——好像我自己）——

想起：新鲜

“哎呀”——已溢满

树—篱笆的幻影里：

底部——如我之逗留！——

（世界

叫

“很久”

喜悦

“永无止境”）——

“哎呀”——好像妈妈和幼儿：随处可闻！——

为了幸福的
半梦半醒
能带我穿过那些光辉的头
让闪烁和犹如本质的词融合一致
作为我一白色：

（连衣裙散发的——还有野草自身的
双肩的——好像双手一样的
理智造化的
思索的——仿佛珍稀骨头的！）——

没心思歌唱光明而我如此停留的一行行足迹势必留下
在金光闪闪一永生的地基加固中间
终究还是亲兄弟般吟唱的：
低语说“天空”——你们会找到我的！——

（噢终结的！——我早已因为痛而缄默
在经历
风和花开之时！但是
永久性的薄脆
我的——甚至比我更多的）——

当开启
“哎呀”一进行时——来自底部：

（头一歌唱，噢，头一核对，自己的！）——

（墙——好像另外的底部
为了风，光已浸透）——

请移动我的光——在其他一光之间

1982

给朋友的歌

遭遇不幸的朋友好像走进荒芜田野的窗玻璃
风吹湿雨
好像眼睛噙着滚动的、孱弱的泪珠
屋里的墨水（还有“抚摸女儿”的那双手
在发抖
紧靠着
墙壁
相拥）
朋友一旦遇到灾祸像滚动的泪珠一样孱弱
结果在墨水般泪水恍惚中出现而迂回一不成熟的眼睛逼近
悄悄却又勇敢地看过去
可怜的余热（这样的字迹模糊最好不过
潮湿如城市里
轻轻一碰
浑身湿透）
只为好像活得有意义
回忆起湿漉漉的碎片如何融化
彼此蜷缩在孤苦伶仃一边缘
勉强——脸颊颤抖着——明白

1982

早晨一边缘

痕迹
（仿佛正是
巨物的本质
存在
然后离开）——

山雀（在阳台栏杆上）在雪里：

我还能寻找什么？——

这（孱弱？）是**你**吗？——

一些小伤口
（“是**我**
刚好不在场”）？——

使之荒芜
弃置不顾
活活地

1982

你—和—森林

我可是隐藏了你冒失地闯进
森林的光照
我仿佛把你编织成一个鸟巢
（我不知道玩游戏的不仅有十指还有鸟群
彼时孕育
我陌生的音乐：
气流如铁锭撞击颤抖提心吊胆—又灵巧
这样——为了触摸：仿佛不能触摸）
我哭够了也忘了那座森林爱之炉灶如何升起炊烟！
没有我依旧，无知可见
轻信的人
我变成
越来越空
因为世界于我已然崭新！
“我什么也不需要”可突然你
从懵懂的古代醒悟了父辈
猛然间——愈加年迈的——我跌碎成
金色的雨滴：噢奇异的幻景！——也许你的童真
就是——无它：
继续的还是它的：人民—父亲的光辉——

在无法抵达的遥远的密林深处：

在这持续的炽热里——在无尽的雪里

在劳动的湿润中——犹如雨中——**全民**—炼钢—不断：

只有你不知道——是什么样的反向圆圈

在燃烧——我的印象—豁然省悟：那遥远之地早已燃尽

甚至连它们的相似物！……——还有你

仿佛年少时你的脑力：大白天亮闪闪的形象：

被敲打和变形

破坏那些深处的完整性

干净——似你的双手——好像它们在这个世界的观念：

光——仿佛低语！……——仅仅——可能

现在这一切——只有被我微晃的

名义——人民

1982

唱着歌：到结束

致 A. 纳扎连科

庆祝会泡汤了……我只看见
细细的一条线远远消失在森林那边。
1956 年录

带着森林下摆的晃动
一行人走远——带着微笑——消失
彻底走远并已唱烦
脚步走远某种相关的轻晃走远手臂走远
森林边缘的抖动
已使我不会耽搁太久：

——不什么也不会被毁灭我将因平静而窒息：

我的老天爷这是我平静的神
眼看着这样渐渐平息！——

只不过利用再平凡不过的
光和黏土构成的覆盖物覆盖血：

光开始照进森林里——闪烁如海市蜃楼

那里只剩下了一个光骨头
轮廓隐隐地呈现我的眼前：

孕育大地的！——亦呈现给天空：

（这里我不得不遗忘贫穷之物我不得不更贫穷地沉默：
这种仿佛无用之物的力量甚至无力去死：这是风
在早被摧毁之地沙沙而响——即使流血也不需要：
如征兆一般泛滥！——已然如此的荒漠——
无情无义的眼眸！——极大可能成为土地——相对于底部）：

那意味着更该停止做梦
若相对于让**神**安宁：

该不再梦见光之幽灵
不再梦见不见额头的光——火焰的轰隆声
将我们打开：

什么？让我们唱完：什么都不会预见
那就是说还不会梦见譬如水一样的类似物
“噢那一行”不会梦见行走的一行：

——**神**请让我们活哪怕活成这样：

噢不再梦见（森林正在闭合）：

静静的脆弱给了热泪——行！——

给你们——没唱够歌的人们

1983

关于一位小姑娘和关于其他

傍晚

玫瑰花

人们的不幸并非那么硕大无比可是名字确已模糊不清

“妈妈走了”她说更像要

喝水——“可去哪儿了呢?”——重复“走了”(有玩具也

有如此简单的概念)

这一位突然出现的小姑娘(不过——没谁再回来)——于是

(仿佛所有的时代都过去了只有时代)

无风的傍晚降临——噢玫瑰花

在这里还有这样的屈辱仿佛它们根本不存在——但此时

玫瑰花尽管我们自己并不能代表它

有个人依然走近窗户弹起小提琴

好像我们站着

是为了忙于取消一样

在这里沟壑之间——我本想要一小枝玫瑰花

但小玫瑰花一枝不剩

为了我能留下来跟某个最普通的在一起——小提琴

一直有人走过来奇怪一公开弹奏

为离开窗台

好像没有阴影：就好像倒霉事知道更多一点

为了承蒙关照毫发无损！……——而且做得越发悄无声息

无风的傍晚

跟小孩最普通的理解一样

缺乏意义—细节：普通

1983，敖德萨

以及：唯有一沟壑

为纪念克申什托夫·卡米尔·巴钦斯基[1]而作

1

这份宁静
沟壑上方人们一称之为一厚颜无耻的一**沟壑**的风
最后**向上**一优点一**无底的**——仅仅就是这样的宁静
轰然一声倒塌一**优点：唯**一说明不了什么（达到这个程度达到
协商妥当的一刻
风
在沟壑之上）

2

风
仿佛已经我们没**什么**一也一没**谁**可说的呼吸
心灵相似物（相似物的相似物）
朋友的一深度的一初次建立的一**奥斯维辛的**——全人类号叫一
思想家的

1　克申什托夫·卡米尔·巴钦斯基（Krzysztof Kamil Baczyński，1921—1944），波兰诗人。

风

没来得及做完的梦

它嗅着（精神如婴儿之血用号叫—和—呐喊的展开的旗帜）

它嗅着—吞咽无尽的苟延残喘

沟壑的喷火口

沟壑的

唯有液体状—本质—“活过—即—存在”

这个早在某个人之前的逆风的（当已成为尸骨的名称不再
在万物之上

闪烁！——无痕迹

闪烁——在那种不再闪烁之后）

这阵

稍微有点

逆着风的

雨

3

噢寂静

我从未变本加厉地无耻

寂静与你

也同样与我

你就是寂静如呼吸般的

光—永恒—高高在上的
精神—**灰烬的**（如此美丽
真正的
直到如今
你都是
寂静）

4

风
我们结束了而从沟壑中
感到类似像花儿般的羞怯
风如婴儿—**巴钦斯基的**咿呀作语（送给你们这朵小花—这个象形文字—能量巨大的—向上—完美的—颤抖——现在呢成了小孩无羞耻的很小伤口）
风
在沟壑之上
结束了
甚至烙印的完美的闪耀的冲着野草还有鸟群牙齿的—
完美的—**人类的**—**神的**—早已—**食词族**[1]

1　这里指的是词语组成的世界上居住者词语一族，那些滑稽可笑的人本身由词语构成，他们也靠吃词语为生。2000 年之后，特指新开发的一款网络词语词典。

甚至还有某种

标记的

给风

用自己的空

未植入未闪烁

（不再闪耀

覆盖了：无名

什么的—或—谁的—什么—现在—即使—喊—也—白白地—也—
晚了！——

那个：在封闭的摆脱中！——

只有骨头闪烁比脸上的眼睛更亮！）

以及无圆点—又—打得稀烂—某种

词语类似物

无耻地用最后尖锐

嚎叫—点—什么—嚎叫！——越来越尖声！——结束了——
沟壑之上的风

结束了

风

在沟壑之上

1984

山冈一永远

给 Л. 普加科夫

燃烧的
山冈以及四周可熔炼的思绪
仿佛你身上穿破的
那个遥远贫困又无拘无束的童年
穿着破衣烂衫的朋友：仿佛这堆火焰无一例外地走进
时隐时现的停顿之中：

（闪现——儿童）——

这些曙光里我表现出一种最少年的
温柔——兄弟的言谈举止尽显
可能从极深处全民火焰中
亮斑一人民在震颤：

（极大可能——朋友）——

于是在火焰一古老一山冈包围之中
这些塌陷一沉默（类似俯瞰林中草地）
变成教堂一瓦蓝色的
婴儿预见的剩余物

于我则是被痛苦折断的
锁骨——

——从此以后过了很长时间以至于长得似乎
　　没有了思想和世界——在早已结束了的四周！——

不是山冈而是气泡在燃烧
以回应痛苦的打击
来自伤口敞开的那个世界（尽管“在我们这里”我们始终
　是我们）
成为绝响即使在概念一地方！——
只有风相似物：

春汛的轰隆声
用房屋一毁尽的意图构想
不讲——方向！——

软弱无力（因为我们有力地认为离去的、瘦弱的
　　　体力劳动大众中的天空和爱情分娩者一连接者——
　　　　　　　　　　　　脑力劳动大众——是劳动之败）：

无人称的一模糊不清的威权幻影：

好看

轰隆隆接着轰隆隆
垮塌中再垮塌：

在唯一的天空
来自没有一思想——唯一的！——

……你甚至不用说是哪一种这一切都总在循环……——

（朋友？
真正的名字
另外朋友的——被遗忘：

我——“无所谓”……——我早已只是一首老歌的碎片：

只是——“儿童闪现”……——

可我知道：山冈一永远）

1984

落叶与沉默

1

为

自我祷告

你

不用为我填满——祈祷

明显的

烈性的缺席

将我包裹，好像合围

2

可为它

和孩子——祈祷

我不能。**它**

自己即——祈祷。**你**，用这个寂静的合围，

自己

充满

自我

3

我是什么
在沉默中——一如平静无澜的世界?
或者在火里。可活着的——病树冻硬的平等。而此时——你,
明亮,——抑或,漆黑的明亮。在与之的对比中
死亡——承诺……——还有点儿别的什么!……但死寂一
　片的四周
难以承受地
从树上凋零——是落叶。

1984

与森林一起

啊
我终于接近无论何时无论谁都不在的那个地方
只有银色
古老感觉的——用自由的热度必须用额头和肩膀
噢
这是轻盈的
旷野——光芒直插云霄

这
仿佛孤独之心——到处——羞怯的闪烁
四周不散
开始露出白色的是并排自由的
纯洁共生——仅仅是：纯洁本身
田野
敞开
（一如
天空眼里的旷野）
它发着光——为自己

还有什么

关于其他？要知道光的闪烁已彻底过去
仿佛为了——爱
某个天使——每到一处——爱我的障碍全无
以此创建
童真之地：
——不管曾有多少风雨甚至模糊的欢心和生活
这比宁静的神更宁静！
那里
寂静中
深不可测

1984

热麦基亚—河[1]

一条河
用自己的行为——自身—开放
要么正在消失的
要么很耐看
在山—谷的世界曾是——滞留——同时将轮廓加入世界
仿佛那位古代妇女（在古代的认知里现在
已非常古老
天黑得很深又准时）
噢这—这个——波浪—不太大—河流：这位女性世人皆知——安静
又瞩目——有人窥视到什么
同时看着——朝前—看——越来越慢—干净地
翻书似的
偶尔唇吻（这样对您会不会多乎预料当给您
铁——可以在任何
于您合适的时间）
河流—而—噢—女性——噢开放的
仿佛空中的丝绸从林中草—地

1 热麦基亚河，或萨莫吉希亚河，意为“低地”，位于立陶宛西北部。

一页页手稿一样的祈祷书（噢——最好
不必担心）——这样
一条河流……——啊……——因为（这已经比给我的
更多）——

——请原谅我这位弱者——

只是已哭得泪涟涟
噢——褶皱里
（我无法表达）
在褶皱之中

1984

很久以前——夜晚：发光小屋——森林里

致 Ю. М.

谁在敲打
原木（由内往外）
停下来
继续（仿佛光下独立浮游）
要是说了已向前移动就好了
用点什么遮掩不露行迹——长时间地——模糊地
（其实：清晰——明确——果断）
于是雪让人产生错觉
脱落
（突然——又不再发声）淡淡的忧伤
忧伤之光——仿佛看到
山丘之间（马匹仍在呻吟
可哼哼声——还在延续
明白无误——简直：
好像——就是这样——恳求的）
……………………………………
……………………………………
（纸上写着："奇怪：本不需要
但曾经相爱——如人们爱着
唯一的那一个

于此一切

正说明虽然恳求——**这样的**一个

可依然——是不需要的那个”）

……………………………………………

……………………………………………

空气早已脱离一切羁绊

时间——自由（仿佛自我解放

被发现）

从固有一存在物之中那

万物中之所有——唯有：

原木之上——日出的战栗

1984，立陶宛多瓦伊诺尼斯

白色花在故乡的尽头[1]

为纪念巴里斯·斯洛加[2]而作

离开
然后就消失——————————————————————一切继一续
——————————————————————————可这里
也无人能看到
有什么事已经发生：已不是返回
只有很早之前
从那个最一最初之时一脸色苍白一身体僵硬的女人
（这
始终
临近早晨）
会考虑：双手伸向窗——将会出现
在天使般一寂静无声的窗玻璃上
只有极为鲜明的手势————————————————————
（那凉爽依旧
凉一爽）
仍

1 这首诗中的一系列破折号在朗读时根据相应的破折号数量，同时用完全相同的、单声的敲击（敲一下），把破折号对应数量地表达出来。——原注

2 巴里斯·斯洛加（Balys Sruoga，1896—1947），立陶宛小说家、文艺批评家、戏剧家、时政评论家、翻译家、随笔作家，哲学院士（1924）。

无所谓

人们继续往前走：尽管阴影全无——那些山丘
徐徐展开—— —— —— —— —— ——向山谷展示
那些—些—它们
早已不复存在的

1984

林中旷地—告别

致托·温茨洛瓦[1]

吟唱（他们——突如其来的）
召唤他们——于是他们长高了——相互拥抱
在那里——一边在林中旷地舞动
（吟唱在舞动）：
像父亲——学父亲——长大（父辈
之光——摇摆）：
他们歌唱——国家一边求索一摇摆（同时亦失去
因为
现在
任何一种求索——损失
越来越多——同一一**大地的**）
这种回归在燃烧一颤抖：
在手中——紧挨着的肩膀上——离别
熊熊燃烧！——寻觅
即——无可改变
（因为——最后的幸存）

1984，多瓦伊诺尼斯

1　托马斯·温茨洛瓦（Tomas Venclova，1937—　），立陶宛诗人、翻译家、文艺学家。

热麦基亚：夕阳

为纪念安塔纳斯·萨莫利斯[1]而作

在
大地之上——

它自己——跟大地相似：

（仿佛所有或整个——都处在血汗之中）——

雾霭里
它黑色汗水的
（越来越多地——如某对孪生子）——

甚至——仿佛深入到人一脑
（靠庞杂性正变成红色的它）——

到山冈上去——到山冈上去：

闯入愈来愈艰难

1985

1　安塔纳斯·萨莫利斯（Antanas Samuolis，1899—1942），立陶宛画家、艺术家。

闪着光——收割之季

当我深入——收割之季：噢这个
火焰——已被淬火
父辈的忍耐——仿佛大地的无辜！——国家因**朴素**而闪光
仿佛——叮当作响：在它的天空升起
思想之名
贫穷事物的——它们良好自制力的透明性
锻造了靠智慧远离其他边界之人的心
知晓——关于没有折返
在这个发源地…………——在公共—空间的不署名里早已
不再发出脆响
那么转圈的结束——靠的是光—基础的缺席：用他们的肩
膀领唱的父辈荣耀
像用天空和土壤的容颜！——而今
只有**词语的**沉默
闪烁世界的无人称…………——其实很简单：要知道甚至
胆怯者呢喃的类似物
还有——一如脸蛋儿—天空——到处都是湛蓝
故乡的——无边无垠

1984

森林——旷野之后

远方——照亮了你：却未展示
（仿佛
缺乏时间的征兆
类似的
什么
路过）
旷野的阴影——好像辽阔的苦难！——

我在昏睡：不能看见什么
听不见的也变得
越来越多：音乐——最自由的！
不——这不是熟悉的灵魂！——

（如此多
逝去的时光
一切都结束
却仍在继续）——

没看到不知道没成功！
只有那时才明白

一点——已不会多
你能给予的：

战栗——微风袭来！——

仿佛在看不见的敬意中
娴雅——闪亮——高贵

1985

另一条通向旷野的路

会吗——

凝视另一张
平静人的脸然后突然忘记？——

有过这样的瞬间——于是：

自由：

——很早你仿佛是天空如此古老：

这个
被擦拭
及旷野：

安静的、平坦的！——

空气——童年的气味—**独自**—散发：

——忘我——即幸福：世界的风！——

被轻盈抛弃——早已不需要—轻盈：

遗忘了……——不但是天空还有整个大地：

闪耀——同时包括：

户外最纤弱的——涟漪

1985

森林——向后退

雾中
故乡闪耀
剩下岛屿剩下珍珠
剩下森林可那里
我从未抵达——

——童年点滴我还记得：要么衣架在其中突显——
闪着银光驯服地垂向旷野
要么发牢骚
猛然间——移动减缓：多半在痛苦中
看得更清——在无法抵达的
树林边缘——

（还曾有过——如此贴近我看见
很快
却只是风——

轻盈地、我——仿佛在风中——学会
容易明白再不会回来）——

在十字交叉一山谷的光线里

感觉——孩子们已在草丛中醒来

歌词慢慢唱顺了——并排的某处

好像

歌声从那里传出——

世界闪耀的雾中

剩下珍珠剩下岛屿：

生命中最疼的——闪耀

1985

梦——崩落

熟睡的她还未醒来
扫过——脑袋和手
其碎片组成——儿子们的模样：

噢梦——崩落——劈碎：

计入死者的数字……——

她——巨大的——在昏昏欲睡的怀里
时间很长——不会醒来：

——我在里面被磨损殆尽——另一个我会出现：继续！——

隐约传来的音乐声很宏大：

向远处向两边延展绵延并酝酿
她的空与威力
曼陀罗花中超能量的地方：

（我一碎片之中——寂静）——

那里将会——没有什么可以清醒

1985

走出沟壑

致伊什特凡·萨博尔奇

左边——一贫如洗的——故乡的河——仿佛最小的
福音书：噢，闪耀——不为任何人：

琐事——迂回—活着的！——

珍惜漂泊的——冷漠的福音书——从四面吹——
好像孩子间的相互亲热——爱抚着：

最热忱的风最热忱：

荒无人烟的幸福之神圣！——

哦，悲悯……

1985

还有：地方——古老标志的

那一次一闪
而过的——仿佛幻境：

——余晖里
跪拜头颅之美景——

（吉兆吗抑或行善）——

剩下——闪耀：

那里——某个时刻人民
曾是——旷野，一个地方：

头部—发射的：

——宇宙的中心！——

（透明的宇宙之魂——仿佛唯一的：

风——特别的）——

噢——继续着：

（任何人甚至早已缺乏恩赐的闪耀——无论看见和记得）——

世界上（哪怕是极好的）**旷野—俄罗斯**之间：

跪拜头颅之美景

1985

突然——从草夹竹桃里

致 Г. К.

好像是一个透明的秋天
夹竹桃扬尽最后的花瓣
你这样——突然——想起:

——我说脑子我说
都不用到底什么原因
难道纯洁之物在我心里不能任意地
引发忧愁我说——

所有逝去我留置这旷野
还有这些我一眼不能望到头的小径
不止一次我记得的不是词语
是旷野如掌纹般的碎片
我重复农村—田野的
至亲的掌心——仿佛我已滑过
此生仿佛一瞥——

——之后有一条路无法回来——

想着我可以

让你有清醒认知用某种类似的方法
我没估计到
普通的干净力量！——

——什么比沉思之梦更深——

我记得
可又为了停止
和为了忘却似乎——

——那个童年之光——现在！——

“我已老”人群的旷野在世间回响
我看见玫瑰色仿佛滑动的
山脉我用它看见
水流分离“我像犯罪一样虚弱”
在世界的衰老之间——

那里有那么多的庞然大物我像
不知道明亮的
看见轰隆一声
流水当我
还有能力被虚弱选中——

——仿佛做梦之前在泉的类似物里已知道——

要是说了没顾及听觉就好了
那个人如何只用一个手掌
进行“光”和“童年”演出
不了解其他飞舞
要说了多好——挥挥手
不用浏览两三个自由点亮的人
生活中——用河床隐藏的：

——“一种白色”——还是同样的重复！——

演变成九月大地的塌陷
突然互掷
于是在秋天星星的泉眼之中
我能行我说我能用
我的沉思沉重的
潮湿的月亮
学会
在分割的整体中
点燃
隐忍世界的罅缝！——

——力量——突然：

（儿童——脸庞——早已
脸庞——时常——是敞开的
心——曾经——兴许
可能是核心
我已忘记）——

它如何用天使般小径
横穿我——直抵少年！在世界古老的旷野
我想是的——永恒燃烧的是骗过一年龄的——

某种思想——眼泪

1986

村庄

假如这是梦，那么，很可能
梦笼罩了整个世界。
——伊沃·安德里奇[1]

在雪的黑暗中你似乎遍体鳞伤！——

火车上我是深渊——漆黑
一个
你是村庄你是——理智之苦难——已被取消
那里——于己——深红色的：
后脑勺——冰
遥远的碎片：你时隐时现
燃烧——我在连廊——你在雪中——

我的坎坷
在暗淡的理智里——来自中间凹陷的冰——

仿佛双手冻僵

1　伊沃·安德里奇（Ivo Andrić，1892—1975），南斯拉夫小说家、诗人，诺贝尔文学奖获得者（1961）。

好像——衣衫
褴褛：安慰——冰：

——“什么也没有了”现在我的——古老国度的无边无
　际！——

（有一次
我简单地安葬
一个最普通的
名字喜欢叫人民的孩子）——

相对于旷野的琐事和月亮
之窟——仿佛天空的伏尔加河——流淌
为好似天空中的那些卑微之物：

——当用理智的阅读为结局！——

幻象——旷野和不足挂齿的
于我随它怎样的黑暗

1986

中午的雪

给女儿——在她三岁之日

“我看见，我喜欢”——那一天湛蓝湛蓝
“我记得，我喜欢，那一天窗外肉眼你看不见”
那时——它沸腾一暗淡！——不像越来越统一的
光财富！——人类的幸福感在某处摇晃
所有的——修缮一新的
用寂静的同情：添加你的走动一兴奋——

来自轻信而明亮生活中的

1986

晚餐：城外的房子

致 M. 格列尔[1]

1

连砂糖也会沙沙响："你还记得，那你记得怎样拿走的——好像晨曦莅临"——尽管现在已是另外的倒霉事——话说现在要考虑的已不是那了

2

某个"我"说某个"面包"小声说："这是梦—和—家庭"——遥远歌声里辚辚声时隐时现：我俯身并坚信——仿佛某处炽热的柱子在古老节日—旷野的其他柱群中升起：为了从行走人群的嘈杂声中将自己抛到一边……——

——紧接着那条线愈加显露出来——血线！——

直到那时我才看清——从另一阵被掩盖的嘈杂声中：人群克制的——从已遗忘在熊熊燃烧大脑的深处——还可能

1　M. 格列尔（Михаил Яковлевич Геллер，1922—1997），出生于白俄罗斯，俄罗斯历史学家、作家、批评家。

在仿佛土壤一样的身体记忆中：为了秘密地忘掉——我看见孩子们（并且“我—梦—和—家庭”与朝霞混在一起无法分清：好似歌唱的——是光！——是太阳穴的——像张着嘴的伤口）

3

“你们之后是怎么出发的”——这个安静的东西继续窸窸窣窣——“你们怎样穿过密林，那之后”

1988

为隔空对谈而作

致妮可丽雅·伏伊奇琪

1

不是那个连一句话都算不上的人在说
是那位走路姿势
仿佛有世上面包—思想之驻留的人
这种思想如此纯之又纯
以至于我们说得越多——四周沉默在旋转
并耗尽（思想）虽可补足
避免人类天空的宿命散落
面包似的馈赠——劳动的语言
在您身上变得金黄再渗透于心
（燃烧——无意识地密不可分）

2

笃信虔诚我将像面包一样栖息
跟食物一样——全都敞开任取无碍
为这个天空和它的智慧
那么强大唯有暴力才能改变

当毫无改进一直无法改变之时

（暴力之中我是暴力我知我所知

于是我像最高供奉一样牺牲自我——自由

不过——自由而已）

1985—1988

现在及如此这般的

你——真正完全静谧的形象
这寂静之外毫无某处的混沌危险
自由自在——几乎孑然一身
俄罗斯—河……——随后——渐渐地——在你心底闪烁
另一种美好——我们称之为原始的美和完美
还有重复、美好以及低声说这个正中下怀！——噢纯粹的、
　长久离别
变得越来越沉寂：仿佛在寻常的劳作中！——一向如此
　——我们已不记得
仿佛在许多人的心头
某个地域——我们之后——继续奔流的天空—河流
都开始稍稍收敛

1987，特维尔州德尼索瓦小山村

房子——在世界的小树林中

给小姑娘阿列克桑德拉

房子——或者世界
我曾经下到地窖的地方
那是个白天——我
去取牛奶——耽搁了很久
跟着我一起下去：一个
白天——仿佛一条河：笼罩
弥漫的光
蔓延到世界：我
曾是——事件的创造者
在头一回闯祸的
年龄——

——下到地窖——很久——简单持续——

雾里的小树林闪烁银光
这个
手捧陶罐的小孩——眼睛即宇宙——天空
广阔无垠——仿佛特别的歌声
女人在天地间
尽显曲线——单纯地闪耀

她周身的白色——至荒野的绵延
我发出声音的地方——

做一个——宇宙的孩子：

曾经就是——因为想唱即唱

1987

再一次：白桦——树冠上的风

越来越明亮：

：

自由

：

（很久了）

1987

朝向沟壑那边

现实——给了我们
一些碎片——好像拿到一点扒下的碎皮
当沟壑的光线切割世界：
微笑（珍贵的优柔寡断）
对于我来说——跟幼童一样
好像生一场病对某些人就是一朵花：病来如花开一霎病去
　如花瓣坠落——

普通的贫穷
（某个贫穷的世界）：
“随便有点吃的也行啊”世界上毫无用处的低语
这种只有崩溃的口气里
一无所有的咆哮幻境在燃烧
趁着还未成为
沟壑—大嘴—国家的墓穴之前

1987

女儿的秋游

突然——一股妖风
仿佛
斜着
从胸前翩然飞过——不幸的嘈杂声：

轻松挣脱……——

——似乎就是这样——当一名被废者！暂驻人间
洗心革面——苟活：

以一种毫无意义、顽强虚构的样子
那些已被分散一被践踏之人的烟黑面容
沟壑之中
沟壑之上：

在金秋的阳光闪耀中……——

还是 那 阵 嘈 杂 声 ——但在全新的转变里
遥远的旋律在闪烁
一种独特幽深的曲调：

“你不要这样，小姑娘
大街上把嘴巴紧贴我的双手”——

我自己在孤独的回声中
忘记如何开始的这一切！——黄昏微薄的潮气
像尘土和缀满爱的草屑混合而成的浆汤
涂满我的全身——

（手—哆嗦——“人啊”）：

傍晚将尽，夜色微醺——四周在手中燃烧
好像童年烧得正旺的火光！——

什么——生活之边到处都有？少不了
浑浊——因为虚空——某处世界：

于我——仿佛一位被排挤出列的陌生人
早已烦透自己
为着变成只有死亡的一个荒漠——

成为被藏匿的最后一座炉灶
我塌陷其中：如渐渐停息的油烟！——

尽管如此—— 即 将 在 这 里 被 熏 死！——猛地：

我也要带着忧伤的目光爬起来：为了孩子！

1987

为我和你而写的两首歌

1

现在怎么办——谁来抚慰？——

没有歌可唱——心蜷缩
既无“本土化”，又什么也不像！——

在冻得结结实实的赤贫中
小树枝一样——铁石心肠无动于衷的人们
仿佛茨冈人随地躺卧——

贫穷——在风中

2

我们有点儿像比苦难还要穷的那部分人
像比一丁点儿也不多的那部分
总算我们完全和睦相处了：谁一贫如洗
谁就早点敞开大门高唱圣诞歌

1986—1987

在一起

这位逃难的妇女带着几个孩子又回到走廊里——行李勉强
归拢在地上——他们脸挨脸再围一圈
跟警灯似的——邻居背对着，心情不好不坏——好像
又用隐约的低语声说什么肉的事
这里那里都乐意待一待、旅行归来的
这一位性格坚毅、体态轻盈的女人
又再让懊悔的喜剧被毁
——只不过小姑娘的那双眼睛好像用别的什么替换品装上
去的——门
也没关上
什么东西表面被烧焦了，**最终的**脑髓也早已腐烂：这是另
外一个人
（不可能是我）为我而活

1990

朝向旷野的房子

一切很简单：老鼠——垃圾的抖动部分
还有角落的风
那里——被下了一整夜雨浸泡的路
旁边——菜地里——一张桌子
废弃无用的：聊天呢——东一句西一句
困得眼快睁不开弄得脚下
家乡的（像一件旧绒毛衣）树叶簌簌响
浓雾中的故乡——愈来愈高大愈来愈近
在心里在眼底——久远的、非常久远的
（该怎么说出口呢）妈妈……

——此时蒂罗尔[1]钟声响彻
云外：河水啊：完全敞开流淌
仿佛最纯净的血………………——

躲藏起来的家燕和老鼠
打心眼里恳求：你关上门
半明半暗的心

1　蒂罗尔，奥地利的州名。

房子里只能靠手去摸……——世界如此终结：

大门紧闭——带着早已被遗忘的低语

1990

三首七句诗

1

这样的潮湿——道路外面——左边
我真受够了……它在野草里复活
穿越和扩展——原本迎面而来的陌生
簌簌声却越来越远……只有忧伤无穷无尽
我——在黑暗中——被反复敲打：雾水再将我
肆意浸泡——无底洞般的森林
尽头的窸窣声——让一切——越陷越深

2

曾经是——停留过——只凭借远处隐约的回声
沙沙声——太阳——说话与唱歌
简单的和简直回力无天的贫穷的：
——还有地上的路的——简单的天空和风的！——
绝对……——贫穷自己发声
仿佛秋光又好像儿童的脸庞！
它——好像荒野：**上帝啊**

3

一定会消除——只需星星锐利的光芒
和黑夜之眼……唯其如此——才能呼吸
和平的海洋
在拍岸浪——击打……别人——我们没恳求：
风——天空——太阳！——旋即就将沉没
我的敬意——给尘土与歌唱（让 永 别 的 霞 光 穿 过
宗教[1]—人民，空话—孤儿）

1992，柏林

1 宗教，原文 Religio，拉丁语。

古画

致尼·德龙尼科夫[1]

……铅笔的第一画。

——亚·特瓦尔多夫斯基[2]

火柴盒可以窃窃私语——点着
用圣油制成的蜡烛顾影自怜——残羹剩饭
黄昏时分逗乐般微微发光的面包片
被蜡烛光照亮——照进发光物的心里
(……为什么不呢?……)——但一只手所承受的寂静之重
愈发“显而易见”:
目光
好像泉眼……——低垂……——(笔画逐渐
增多
最初的那些
穿过——好像到山上去了!
——……沙沙声——它的说话……——通过我们
这里:与世界同在)

1992

1　尼·叶·德龙尼科夫(Николай Егорович Дронников,1930—　),俄罗斯艺术家、画家、雕塑家,独立出版商,1972年起定居巴黎。

2　亚·特瓦尔多夫斯基(Александр Трифонович Твардовский,1910—1971),苏联作家、诗人、小说家、记者,《新世界》杂志主编。

两个结尾

1

小径干净
水亦简单——

还有这样的天空——好像做梦
这样高远——谁都望不见
非常——非常非常——另类的大地
明亮的贫穷——

我们这里能说的人不多：

“趁我们还活在世上
炊烟——在农舍烟囱里——袅绕”[1]

1 此处引用的诗句，为最伟大的楚瓦什诗人瓦西列伊·米塔（1908—1957）的父亲、目不识丁的农民亚古尔·米塔吟唱其儿子的歌词内容。——原注

2

有点儿像病人灰色的混浊之物
缓缓渗入旷野
——祈求上帝帮我们治疗这种寂静吧——
窗外的路跟大门后的路一样
将所有一切捻灭得愈发灰暗和忧伤
“就是这”喃喃絮语如“泥土之路”

1993—1994，德尼索瓦山

花园——忧伤

这

（也许是）

风

吹低——如此轻

（对于死亡而言的）

一颗心

1994

友病期间

为列昂纳德·丹尼里采夫的风景画而作

仿佛上帝做了一个梦——梦见
躺在被遗忘的幻景上（一边塌陷一边重聚）
从昔日山冈和路上的雪中
从童装的叙述中
从兽脸从微笑与哭泣中——还有——在老友的家门口：
您——亲爱的：噢，风景画，日子，
刚过去不久又难以言表的
（仿佛穷人的午餐一样美好）

1996

今年夏天的野外

致 A. X.

甚至在这里
时间似乎也微晃不已——它又新添
这些旷野的别离——

（好像离别人的）——

要么像变幻不定的黑暗漫漫
（不知为何却比
童年——越来越早）——

要么——遭遇心底的波澜起伏
惊醒草丛里的——好像记忆中
某种一去不返——

（野草晃撒
最后的话语）——

沙沙声——咯吱声（那里某个地方
有个人在地下刨土……不：还要更近：
“这是

心渐渐变老”）——

接着——仿佛刚刚
推开通向小径的
那扇窗——

屋顶的云朵
图画苍穹……——

好像
在移动——在建筑！
似乎这一切
在**建造**和**放声高唱**——相互推撞、**和谐的**
某处的
呼吸——
还有尾声——为了我们也不能出声：
“很远”——这不过是不大的关于
故园的声响……（譬如：赞歌那种……）
这
立即
遥远至极

1997

白天——再到傍晚

它们泅水般被运出又各就各位，
码得整整齐齐——这些干草垛
被割的那头——又一部
千年编年史（……瞬间的约定……）——旭日初升般
绚丽
刚毅——当——短暂降临——旋即永生的
路之印鉴
真的被印证——眼睁睁看着并且迟缓：
永恒——在森林的边缘——闪耀。

1998

从旷野开始

一整天——只有风在重复
自己
从那边——相邻的那块田：

看得见——轻盈——辽阔！——

这里——在农民的
劳作中间
他被绊的跟头
越来越狠——仿佛邂逅
“某人”——灵魂！——

模糊——且不可分

1999—2000

古老的

旷野上
庄稼在哭——连同它们潮湿
又闪着金光的脊背——

墙头低垂
一点儿没割掉的黑麦……——

天亮了
若无这哭声更替……——

已等于——吉祥。

2000

在旷野中央

那里
路互道再见——路在道别：
如褡裢往背后一抛——是
过去（无法形容的亲）
将来（仿佛啮咬的
某种“自我的”却伪装成敌对的
日子
嘶喊的日子）

2001

人们即教堂

心是互相照亮的蜡烛。

2002. 1. 6，圣诞节前夜[1]，洛玛什科沃村

1 1月7日是俄历的12月25日，故俄罗斯的圣诞节前夜是1月6日。

致《长久离别书》

这是我的兄弟们正穿行在阳光里
墙壁说“上帝啊”还有荒野在歌唱
橡树很温暖——好像它身体里的感激
跟说话一样能听得到

只是与我并排的水已经没有了涟漪
而且也没有交谈之物——野草也没有
兄弟们在铁打的衙门打了一个照面走过
我没必要也跳进他们的队伍

2002. 5. 3—4，德尼索瓦山，森林

旷野宿命

致 Л. Ю.

那里，在桥后面
宿命般的远方——

那是——“心”！——好像有什么东西正远离我们
火焰中烧——

它又蠢蠢欲动——记忆
来自遥远的
草夹竹桃……——

时间——似乎
像个什么，比童年更早！——

那时候（很久、很久以前）
有安静的它——快要死的
永远
在不久之前

2002

还是那种告别

致 A. C.

旷野
走进来
门里——

它的一双手好像蒙尘的题词
膝盖那里：

“我——停止——移动”——

（院子里的雨——越下越密——越来越斜）
仿佛
从这里
将它带去
看不见的海——

寒冷——寒冷和颤抖！……）——

心灵好似深渊咽下这一切——

要知道

我也

点燃了

我的大限之火——

仿佛在这种联系的

噼啪声里

兄弟般的——絮语——那是：

噢，上帝！多么

炽热的大同！——

出路

（呼吸的）——

唯有——旷野

2002

旷野——我们不在

路的反光越来越近：仿佛歌唱和微笑！
轻盈——尽管满载——秘密
好像光将它照得越来越亮
上帝——长久的不速之客！……——喔差点没被绊倒——
　让它赶到
破败的小村庄！
燕子低飞——一闪而过
仿佛有隐身术——旷野上它们越来越近
散发的气味——现在已有点像“故乡的”
那条路——好像喃语！
好像谁哈气
在门上

2003. 3

还是——变成了雪

你们开始歌唱——我却要离开
再逐渐变成雪（好像过去：黄昏里
某处愈来愈昏暗的身影
变得越来越远）所以破碎的忧伤
在那里表露——废墟之间
在一间废弃的农舍里（吟唱低语
随后
早早地哭泣——那是
为了
许多幸福）随即是森林
仿佛
在梦中
缓缓展开——你们开始歌唱
（尽管——根本不用
因为一切已结束）
你们继续
（要知道没我们天边照样金光
闪耀和昭示
永恒）
你们继续

那压得越来越低的

歌唱

2003，德尼索瓦山

译后记

根纳季·艾基（Gennadiy Aygi，1934—2006），俄罗斯当代杰出诗人、翻译家。1934年8月21日出生于苏联楚瓦什自治共和国的沙依穆尔金诺，诗人出生姓氏为“李辛”（Lisin），后改为楚瓦什族的族姓“艾基”，意为“那一个”。艾基初用楚瓦什语写作，1958年出版了楚瓦什语个人处女作诗集；1961年起在著名诗人帕斯捷尔纳克的影响和建议下，改为主要使用俄语写作。他是20世纪60至70年代苏联先锋派艺术的领军人物之一。作为翻译家，他将大量的海外经典诗歌翻译成楚瓦什语，如《法国诗选》《匈牙利诗选》《波兰诗选》等，也编选楚瓦什民间诗集，介绍给世界。1972年，他编选的法语版楚瓦什诗集荣获法兰西学院奖。亦由于他在国外的俄侨刊物《大陆》发表了作品，令他在国内再度遭到批判。此后他成为无业游民，住在莫斯科远郊一处冷僻的小屋，仅以翻译勉强糊口。直到1987年之后，艾基的诗歌才陆续公开面世。艾基生前曾多次获得诺贝尔文学奖提名，2004年10月8日，因对楚瓦什共和国的功勋和宣传楚瓦什文化方面的重大贡献被授予楚瓦什共和国国家最高奖——楚瓦什共和国荣誉证书。此外，诗人还获得过安德烈·别雷诗歌奖（1987）、楚瓦什共和国人民诗人（1994）、文学及艺术功勋会员（1998）、帕斯捷尔纳克诗歌奖（2000，第一名）等国内外文学奖项及荣誉称号。

1991年诗人出版了生前唯一一本俄文诗集《在这里》。本次译者翻译的，是2006年诗人去世后出版的俄文诗集《旷野—孪生子》（*Поля-Двойники*）。艾基的诗歌具有世界主义的视野、非俄诗风与朦胧意象，晦涩而优美，但这些与俄语诗歌传统迥异的自由诗使其在本国饱受争议。他的诗作“总是处于睡与醒的交界，是一种通向欲言之物的充满模糊与静默的媒介”（彼得·弗朗斯语），被称为一种“新巴洛克主义”。

艾基的诗学堪称“沉默诗学”。并非单独而孤立的“沉默”是艾基诗歌中重要的集合元素，“沉默”的组合体中包括“寂静”“雪”“荒野”“死亡”“神”等。它们共同组成了艾基诗歌的“高光词”。他的诗不轻易说“爱”，而说“梦”；不轻易说“诗”，而说“疼痛”。在一篇访谈中，诗人说道：“……她（指诗歌）存在着。她像雪一样——永远存在。融化了，流走了，但她……确实存在。她就是雪。诗歌在本质上是不变的。她自我保全。至于诗歌发生了什么，则是另一回事了。在这个意义上，她没有‘今天’，也没有‘明天’或‘昨天’。诗歌……（停顿）与死亡的问题联系紧密。”（张猛 译）

译者翻译艾基作品时还发现一点，艾基诗歌中出现频率最多的，恐怕要算是省略号“……”、冒号“：”和破折号“——”了。标点符号的个性化运用构成了艾基诗歌文本非常独特、特别“另外”的一种诗歌现象。似乎省略号、冒号和破折号代表他诗歌的语气符号和节奏符号。从某种意义上讲，这也是译者解读“神赐予”他的“沉默”诗歌的一把钥匙。

艾基说：

在我的诗中，有的只由冒号构成
一种“非—我的”沉默
“世界自身的沉默”（在可能之“绝对”意义上）。

译、读艾基的诗，就是一个人观窗外下雪的感觉；一个人自我“省略”“反省”和“顿悟”荒野的感觉；一个人看世界“沉默”的感觉……

艾基深受众多中国诗人喜爱。1992年，他在鹿特丹接受诗人张枣的采访，被问到写作在今天这个破碎的时代是否还有可能性时，他的回答使我们深受教益：“我想起叶赛宁的一句话，诗并不难，难的是度过完整的一生。人得学会跟别人生活在一起，彼此了解对方的不幸和忧愁，人得与大自然生活在一起。一棵树受难我们也受难。总之，人得过他的生活，并给予他的生活一定的意义。生活绝不是后现代主义者所理解的那样短促和片面，生活是地久天长的。从这种意义上来讲，写作不仅是可能的，而且是一种必须。”

《艾基诗集》的出版，得到了许多友人和诗友的帮助、支持，在此一并表示感谢：老友彭明宽，诗人北岛、宋琳、吉狄马加、树才、刘文飞！特别感谢雅众文化和方雨辰女士！同时，译事艰难，译者水平有限，不当之处，敬请专家、读者指正。

骆家

2022. 2. 10 于深圳南山

图书在版编目（CIP）数据

旷野—李生子：艾基诗集 /（俄罗斯）根纳季·艾基著；骆家译．—北京：北京联合出版公司，2022.8
ISBN 978-7-5596-6258-3

Ⅰ．①旷… Ⅱ．①根… ②骆… Ⅲ．①诗集—俄罗斯—现代 Ⅳ．① I512.25

中国版本图书馆 CIP 数据核字（2022）第 109949 号

旷野—孪生子：艾基诗集

作　　者：［俄］根纳季·艾基
译　　者：骆　家
出 品 人：赵红仕
责任编辑：牛炜征
策 划 人：方雨辰
特约编辑：王文洁　袁永苹
装帧设计：PAY2PLAY

北京联合出版公司出版
（北京市西城区德外大街83号楼9层　100088）
北京联合天畅文化传播公司发行
山东临沂新华印刷物流集团有限责任公司印刷　新华书店经销
字数190千字　1092毫米×860毫米　1/32　11.75印张
2022年8月第1版　2022年8月第1次印刷
ISBN 978-7-5596-6258-3
定价：82.00元